© Fadi Arouri

MARTIN SCHÄUBLE ist für seine kritischen Jugendbücher bekannt, die von der Presse hochgelobt wurden und vielfach als Schullektüre eingesetzt werden. Bei Fischer Sauerländer veröffentlichte er zahlreiche Jugendromane (s. S. 4). Als promovierter Politikwissenschaftler verfasst er auch Nahost-Sachbücher. Mehr über den Autor und seine Bücher unter *www.martin-schaeuble.net*

Weitere Informationen zum Kinder- und Jugendbuchprogramm von Fischer Sauerländer auf
www.fischer-sauerlaender.de

MARTIN SCHÄUBLE

SEIN REICH

FISCHER Taschenbuch

Weitere Bücher von Martin Schäuble bei Fischer Sauerländer:

Cleanland

Godland

Alle Farben grau

Warum du schweigst

Heldentage

Die Scanner (unter dem Pseudonym Robert M. Sonntag)

Die Gescannten (unter dem Pseudonym Robert M. Sonntag)

Für die Verwendung in der Schule ist unter *https://www.fischer-sauerlaender/verlag/kita-und-schule/unterrichtsmaterialien* ein Unterrichtsmodell zu diesem Buch abrufbar.

MIX
Papier | Fördert gute Waldnutzung
FSC® C014496

4. Auflage, 2026
Erschienen bei FISCHER Kinder- und Jugendtaschenbuch
Frankfurt am Main, August 2021

Dieses Werk wurde vermittelt durch
Aenne Glienke, Agentur für Autoren und Verlage.
www.AenneGlienkeAgentur.de
Satz: Pinkuin Satz und Datentechnik, Berlin
Druck und Bindung: GGP Media GmbH, Pößneck
ISBN 978-3-7335-0607-0
Kontaktadresse nach EU-Produktsicherheitsverordnung:
produktsicherheit@fischer-sauerlaender.de

Ich erzähle jetzt das, was ich *wirklich* erlebt habe. Es kommt also nicht vom Internet oder von Jule oder Diesel-Nora oder Jessy oder Aschenbecher (ihrem Freund). Und die Wahrheit geht mit dem Prolog schon los …

PROLOG

Erst der Blitz.

Dann überall Rauch.

Oder eher Nebel?

Keinen Meter weit kann ich sehen. Da ist nur dichte, graue Luft.

Ich könnte jetzt an die Schuldisco mit DJ Wodka denken. Die war vor zwei Wochen in der Aula, Abschiedsparty der Zehner. DJ Wodka hat den Raum ordentlich eingenebelt. Wobei allein der DJ-Name schon ein Witz ist. Weil, bei Schulpartys gibt es ja keinen Alkohol (offiziell zumindest). Aber DJ Apfelschorle hätte auch bescheuert geklungen.

Und Diesel-Nora! Die hat fast jeden angetanzt. Außer mich. Ist egal, Tanzen wird eh überschätzt. Und ich denke ja auch gar nicht an DJ Wodka oder an Diesel-Nora. Ich denke erst mal an nichts. Ich starre geradeaus ins unheimliche Grau. Und was hat da eben geknallt?

Im Nebel tut sich was. Eine Gestalt kommt auf mich zu. Sie brüllt mich an, und ich verstehe kein Wort. Nur so ein »WAARUUUNNNDAAA!« oder so. Ergibt nicht wirklich Sinn. Dafür piepst es. Ich schüttele den Kopf, aber es lässt sich nicht wegschütteln. Der Knall hat da was kaputt gemacht.

Die Umrisse im Nebel werden deutlicher. Und dann

blicke ich in den Lauf einer Pistole. Wieder brüllt der Typ: »WAARUUUNNNDAAA!«

Links und rechts von ihm tauchen weitere Nebelwesen auf. Grelles Licht blendet mich.

Einer der Typen reißt mir die Axt aus der Hand. Stimmt, die hatte ich ganz vergessen. Sie fällt direkt in die Blutlache.

Aber jetzt mal ganz logisch und von Anfang an.

Am Anfang war nämlich nicht die Axt.

Am Anfang waren nicht der Blitz und nicht der Knall und nicht der Rauch und nicht einmal dieser Prolog.

Nein!

Am Anfang war die Trinkflasche.

1

»Juuuuriiiii, deine Trinkflasche steht noch hier!«

»Dein Bus fährt in sechs Minuten.«

»Wieso liegt dein Mathebuch im Wohnzimmer?«

»Kannst du das Bad bitte nur *einmal* sauber machen, wenn du aus der Dusche kommst?«

»Doch nicht *die* Schuhe zu *den* Jeans ... Bist du fünf oder fünfzehn?«

Ich antworte auf nichts.

Zwecklos.

Mum fällt immer was ein. Was ich falsch mache oder was ich vergessen habe oder was ich einfach anders tue, als sie es tut.

»Juri, noch vier Minuten. Das schaffst du nie. Jetzt kommst du zu spät. Glückwunsch!«

Das war ein Kommentar zu viel.

»Der Einzige, der zu spät kommt, der liegt im Schlafzimmer.«

Mit einer Rolle entfusselt meine Mutter ihre schwarze Bluse. Sie schaut mich nicht einmal an. »Hauke schläft, weil er gestern lange gearbeitet hat.«

Schon klar. *Gearbeitet.* Der hat gesoffen, wie jede Nacht. Da muss ich nur die Bierflaschen in der Küche zählen. Man könnte meinen, wir haben einen Getränkehandel.

Zugegeben, heute Morgen stehen dort weniger leere Bierflaschen als sonst. Für einen Rausch müsste es dennoch gereicht haben.

»Tschüss.« Ich ziehe die Wohnungstür hinter mir zu.

Meine Mutter reißt sie wieder auf. »Schatz! Wenigstens eine Banane.«

Ich verdrehe die Augen. Zwei Minuten später stehe ich an der Haltestelle. Ohne Banane.

Und von wegen, ich komme *zu spät*. Eine Minute zu früh!

Also theoretisch.

Warnstreik, steht an der Anzeige. *Bitte nutzen Sie alternative Verkehrsmittel.*

Mit Peter wäre das einfach gewesen. Peter hatte einen schwarzen 3er Mazda. Er hatte extrem viel Zeit, und er war morgens nüchtern. Hauke, der neue Peter, hat kein Auto, nie Zeit und ist immer betrunken. Immerhin schlägt uns Hauke nicht. Genau das war nämlich das Problem bei Peter.

Vielleicht wäre alles anders gekommen, hätte ich einen Bruder oder eine Schwester oder am besten gleich zehn Brüder und Schwestern. Vielleicht ist *ein* Kind für meine Mutter einfach zu wenig. Vielleicht verliebt sie sich deswegen immer in so Typen, die eigentlich eine Mum brauchen.

Das ist nicht meine Theorie, sondern die von Oma, also Mums Mutter. Die andere Oma kenne ich nicht. Denn ich kenne die Eltern meines Vaters so wenig wie ich meinen Vater kenne.

Und wie komme ich jetzt zur Schule?

Mein Magen knurrt. Wenigstens die Banane hätte ich mitnehmen sollen. Bei Bäcker Katz hole ich mir eine Butterbrezel. Ist auf Dauer auch keine Lösung. Zu Hause ist das Essen kostenlos, außerhalb der Wohnung kostet es Millionen. Langfristig gerechnet.

Ich pule die dicken Salzkörner ab und denke über *alternative Verkehrsmittel* nach. Mein Mountainbike? Negativ. Es hat einen Achter und zwei Platten.

Das Taxi? Negativ. Zu teuer. Und sowieso wollen jetzt alle eins.

Zu Fuß? Positiv. Dauert zwar dreißig Minuten bis zur Schule, aber zu spät kommen heute auch andere. Ausgenommen die Elterntaxi-Fraktion: Noah (Opel Zafira), Finni (5er BMW), Sümi (Renault Zoe) und Diesel-Nora (VW Passat TDI).

2

Als ich reinkomme, hat der Unterricht noch gar nicht angefangen. Die Hälfte fehlt. Ich werfe meinen Rucksack neben meinen Platz, und es klirrt. Finni und Diesel-Nora glotzen mich an, ich glotze zurück. Keine Ahnung, was das war. Die Trinkflasche ist aus Plastik. Die fällt schon mal weg.

Ranzke kommt zu mir. Er ist unser Chemielehrer und Mathelehrer und Klassenlehrer. Das Klirren hat der sicher nicht gehört, er hatte schon fünfzehn Gehörstürze, mindestens. Er sucht etwas in einem Stapel Papier. Sieht aus wie ein Elternbrief oder so.

Ich suche im Rucksack das Chemiebuch. Liegt es beim Mathebuch im Wohnzimmer? Wieso war das überhaupt dort?

Moment. Da sind keine Bücher in meinem Rucksack. Nichts, nur Zeitungspapier. Was soll das? Ich hole ein Bündel heraus, und es fühlt sich hart an. Ich wickle eine leere Flasche aus dem Papier. *Oettinger Export*, Haukes Lieblingsmarke. Vermutlich laufe ich gerade rot an, zumindest transformiert mein Blut zu Lava.

Schnell stopfe ich die Bierflasche zurück in den Rucksack. Ich zähle sechs Flaschen. Hauke hat mir das Pfand seines abendlichen Sixpacks geschenkt. Was für eine lustige Überraschung, du Arschloch!

Immerhin weiß ich jetzt, wieso in der Küche heute so wenige Flaschen herumstanden.

Ich schaue zu Ranzke, der zupft sich durch die Blätter mit den Elternbriefen. Cora quatscht mit Ali, die haben von meinem Biertransport auch nichts mitbekommen. Nur Janosch von der letzten Reihe starrt mich an. Er ballt die Faust, formt aus seinem Daumen einen Flaschenhals und hält ihn sich an den Mund. Er lässt den Kopf nach hinten fallen und leert das Faustbier auf ex.

Mums Hauke ist echt bescheuert. Nur, wenn ich ihn nach der Schule auf Oettinger Export anspreche, kann er sich sowieso an nichts erinnern. Das ist immer so. Als er in Unterhosen auf den Friedhof gehen wollte (zur Beerdigung seines Onkels). Als er bei der Chefin meiner Mutter anrief und behauptete, sie sei entführt worden (sie hatte einen Termin beim Zahnarzt). Und so Sachen halt.

Wenn wir es Hauke am Tag danach erzählen, lacht er darüber. So als wäre es eine lustige Szene aus einem Film und nicht *sein* Leben. Korrektur: *unser* Leben. Und deswegen ist es auch nicht lustig, sondern peinlich.

Die letzte Stunde an diesem kurzen Schultag ist nicht irgendeine letzte Stunde. Es ist die letzte Stunde aller letzten Stunden: die Stunde vor den Sommerferien. Wir haben noch mal Ranzke, den Klassenlehrer wird man so schnell nicht los. Er trägt eine Weltkarte unterm Arm, wickelt sie auf und hängt das Teil über die Tafel. Typisch Ranzke eben. Der ist ein Dinosaurier. Von Beamern, Smartboards und Tablets hat der noch nichts gehört.

Er hält eine Packung mit gelben Klebezetteln hoch.

»Soooo … Jetzt pappt ihr mal Zettel auf das Land, wo ihr Urlaub macht.«

Ich versinke ein paar Kilometer tief im Stuhl. Die Sache mit den Bierflaschen ist peinlich. Inzwischen weiß es jeder, außer Sümi in der ersten Reihe, denn der sagt keiner was. Aber das mit der Weltkarte wird so richtig mies enden.

Die gelben Klebezettel gehen von Platz zu Platz, und als sie bei mir ankommen, leuchtet die Weltkarte da vorne schon grell. Von wegen blauer Planet.

Spanien, Italien, Frankreich, Griechenland sind komplett zugeklebt, ein paar Ländernamen Ostasiens sind nicht mehr zu entziffern. Okay, aus der Entfernung muss man sowieso raten.

Südafrika (Finni) und Argentinien (Janosch) haben jeweils einen Zettel. Und Noah durfte als Einziger den Atlantik zukleben (Kreuzfahrt, Außenkabine mit Balkon, All-you-can-eat-Fressen).

Ranzke steht vor mir. »Juri?«

Ich starre die Klebezettel an, als könnte ich sie damit wegzaubern.

»JURI?«

Ich reiße einen Klebezettel ab, schreibe *Juri* drauf und gehe in Zeitlupe zur Weltkarte. Den Zettel klebe ich so ziemlich genau dorthin, wo sich das Schulgebäude befindet. Plus/minus 500 Kilometer. Ist bei dem Maßstab der Karte ja nicht so einfach.

Keiner lacht mehr. Immerhin.

»Urlaub im eigenen Land. Ist doch auch schön«, sagt Ranzke. »Wo bist du denn genau?«

»Nirgends«, sage ich und setze mich wieder hin.

Ranzke lässt die zwei Reihen hinter mir weiterkleben. Er notiert sich die Länder und die Namen und rollt die Karte zusammen. »Komm bitte noch mal vor, Juri.«

Solange ich nicht meinen Rucksack auspacken muss, ist mir alles egal. Ranzke wischt die Deutschaufgaben weg (Cora hat den Tafeldienst verpennt) und reicht mir den Stift. »Jetzt rechnen wir aus, wie viel Kohlenstoffdioxid jeder mit seinem Flug ausstößt.«

Argentinien-Janosch grunzt, vermutlich ein Protestgrunzer. Dabei stehe ich doch vorne, er kann sich bequem berieseln lassen. Die letzte Stunde hält der auch noch durch.

Ranzke setzt sich auf den Lehrertisch. »Kohlenstoffdioxid«, er wirft sich ein grünes Fisherman's in den Mund, »schadet dem Klima, und das Ende der Geschichte kennt ihr sowieso.«

Ich nicke und warte auf die Formel. Ist ja nicht die Weltneuigkeit mit dem Klima. Deswegen sind zehn aus unserer Klasse monatelang auf die Straße gegangen, immer freitags.

Die ersten drei Mal war ich dabei, dann hat mir Diesel-Nora dieses Kino gezeigt. Da liefen morgens schon Filme. Morgens! Da saßen nur Arbeitslose, Rentner, Diesel-Nora und ich. Wir waren in dieser Zeit quasi zusammen. Natürlich hieß sie da für mich Nora und nicht Diesel-Nora.

Uncool war: Ich konnte sie unmöglich mit zu mir nehmen, weil Mums Hauke zu peinlich ist. Diesel-Nora wiederum durfte keine Jungs nach Hause einladen. Das war echt verboten bei denen. Solche Eltern soll einer verstehen. Dieselkiste ja, Liebe nein. Ist doch unlogisch.

Ist jetzt sowieso alles egal. Nora hat einen neuen Freund. Vom Gymi natürlich, zwölfte Klasse. Der spielt E-Gitarre, sogar in einer Band. Er ist Kreisvizemeister oder so im Kickboxen, hat den Physikpreis gewonnen, klettert in der Halle und und und. Hab ich alles auf seiner Seite gelesen. Beweisfotos von dem ganzen Mist inklusive. Weiß gar nicht, wie das alles rechnerisch möglich ist. Der hat doch auch nur 24 Stunden am Tag.

»Juri?«

Ich nicke Ranzke zu und ziehe den Deckel vom Rotstift ab. »Bin bereit.«

Ranzke rattert los, ich schreibe auf das Whiteboard, was bei Ranzke echt *Weißwandtafel* heißt. Ich schreibe also: *369 Gramm* CO_2 *pro Person pro Flugkilometer.*

Nach zehn Minuten ist alles ausgerechnet. Natürlich mit Taschenrechner. Cora tippt die Zahlen ein und sagt sie mir.

Klimatrottel Nummer eins ist Finni mit knapp sechs Tonnen. Janosch kommt immerhin auf drei Komma irgendwas. Die meisten liegen bei rund einer Tonne. Kreuzfahrt-Noah vermeidet den Blick zur Tafel, er ahnt ja, was so ein Schiff an Dreck rausschleudert. Auch dafür hatte Ranzke eine Formel für mich. Und der Atlantik ist verdammt groß, da kommt einiges zusammen.

Und welcher Schüler hat die beste Klimabilanz?

Ladies and Gentlemen, and the winner is … der weltbest Klimahero number one: Juriiiiii!

Ranzke verzichtet auf solche Worte, mein Name steht natürlich nicht an der Tafel. Das soll Auszeichnung genug sein.

Super Auszeichnung, übrigens. Während andere die Welt erkunden, fahre ich mit der Straßenbahn von Möhringen nach Dürrlewang. Nur mal so zum Beispiel.

Finni und der Rest verbessern ihr Englisch und lernen Chinesisch oder was auch immer. Ich kann mich im Heimatdialekt üben.

Ich bin = i benn.

Du bist = du bisch.

Er / sie / es ist = er / sie / es isch.

Andere futtern in Neapel Pizza aus dem Steinofen. Ich gehe zum Italiener gegenüber von Bäcker Katz, der bei der Bushalte. Mein Italiener kommt nicht aus Neapel, der kommt aus dem Nordirak. Das heißt bei ihm aber Kurdistan. Das sagt der immer dazu, ist ihm offenbar enorm wichtig. Geht in Ordnung für mich. Kurdische Pizza oder nordirakische Pizza, macht eh keinen Unterschied.

Sowieso gibt es Pizza in den Sommerferien nur, wenn sich meine Mum spendabel zeigt. Auf ihren Hauke ist da nicht zu hoffen. Der hat andere Ausgaben.

3

Mum ist sauer auf Hauke. Die Sache mit den Bierflaschen ging ihr zu weit. Weil, es hatte ja was mit der Schule zu tun. Wenn er sich zu Hause danebenbenimmt, drückt sie fünfzig Augen zu. Aber Schule geht gar nicht!

Ich liege auf meinem Bett und zocke. Meine Tür ist angelehnt, die Küchentür ist zu. Doch meine Mum redet laut genug.

»SPINNST DU? Sollen die in der Schule denken, er ist auch ein Alki?«

»Moooooment. Ich trink gern mal ein Bierchen. Okaaaaay. Aber ich war das nicht. Echt nicht.«

»Hauke! Hör auf zu saufen. Noch so ein Ding, und ich schmeiß dich raus.«

Ich werfe ein Kissen an die Tür, und sie knallt zu. Die leeren Drohungen von Mum hab ich mir oft genug angehört. Sie macht es sowieso nicht. Sie hängt an Hauke, als wären sie aneinandergekettet. Nicht nur mit Stahl, sondern mit so einem Supermaterial von einem anderen Planeten. Als hätten sie keine Wahl.

Offenbar ist nicht geschlagen zu werden für meine Mutter schon Grund genug, mit Hauke zusammenzubleiben. Ich verstehe es einfach nicht.

Nach einer Viertelstunde will ich mir ein Wurstbrot machen. Meine Mutter sitzt auf Haukes Schoß, er streichelt ihr über den Bauch, sie kichert.

»Jurischatz, komm her, Hauke hat sich entschuldigt.«

Nicht bei mir, denke ich. Ist aber auch egal. Hauke und mich verbindet keine Kette, nicht mal ein Faden!

Mir wird immer klarer: Ich will nicht hierbleiben. Nicht in den Sommerferien. Meinen Ferien!

»Mum, ich will irgendwohin für ein paar Wochen.«

Sie steht auf und geht zum Kühlschrank. Sie holt Butter und eine Packung Salamischeiben. Stimmt, ich hab ja Hunger. Meine Gedanken konnte sie schon immer lesen.

Mum belegt zweischichtig, immerhin spart sie nicht bei der Wurst, auch wenn das kein Flugticket ersetzt.

»Ich kann nicht schon wieder freinehmen. Und finanziell … also gerade …«

Gerade … wann ist *gerade* eigentlich vorbei?

Eine Brothälfte verschwindet in meinem Mund, reden kann ich trotzdem. »Ich kann ja irgendwo allein hin.«

»Kostet auch Geld, Schatz.«

Ich schlucke den letzten Bissen runter, schaue zu Hauke, und mir fällt was anderes ein. Weil, so viele Alternativen gibt es eigentlich nicht. »Ich könnte doch zu Papa.«

Meine Mutter steckt das Messer in das Butterstück, als wäre es der Endgegner von Doom. Die kühlschrankharte Masse kippt mit der Klinge zur Seite. Gewonnen! Also, so leicht war das mit dem Höllenwächter nicht. Da musste ich erst minutenlang mit dem Plasmagewehr reinfeuern.

Ich weiß, was Mum von meinem Vater hält. So in etwa das, was ich von Hauke halte, minus drei Milliarden.

»Du willst in den Schwarzwald?«, fragt sie.

»Wieso nicht?«

»Glaubst du, dein Vater macht dir die Tür auf?«

»Mum …«

»Nein, ich meine es ernst. Macht er dir die Tür auf?«

»Das ist ewig lang her.«

»Vor zehn Jahren. Vor genau zehn Jahren standen wir zusammen vor seiner Tür. Du warst fünf Jahre alt.«

»Ich geh dieses Mal allein.«

Meine Mutter zieht das Messer aus der Butter. Sie putzt es an einer Brotscheibe ab und schaut zu Hauke. Der hebelt sich mit einer leeren Bierflasche eine volle auf. Der Kronkorken fliegt wie eine Frisbeescheibe durch den Raum. Dann knallt das Ding gegen den Backofen.

Mum muss das Gleiche denken wie ich. Alles im Sommer ist für mich besser als Hauke.

»Und?«, frage ich.

»Wie kommst du hin?«

Ich schaue ins Handy und grinse, weil, ihre Frage ist schon eine halbe Zusage. »Mit dem Zug sind es dreieinhalb Stunden.«

Mum schaut auf mein Handy. »Fünf Stunden, ich kann dir kein ICE-Ticket kaufen.«

»Fünf Stunden. Kein Problem. Ich kann unterwegs für Mathe lernen.«

Meine Mutter schmunzelt und wird schnell wieder ernst. »Was, wenn dein Vater nicht da ist?«

»Du kannst ja vorher anrufen und …«

»Nein«, sagt sie.

»Okay. Ich kann vorher anrufen.«

Sie schüttelt den Kopf. »Dann redet der sich raus, lügt dir was vor. Ausreden findet dein Vater immer.«

»Ich fahre einfach hin, und wenn er nicht da ist, komm ich wieder hierher.«

»Und wenn er dich reinlässt, was machst du die ganze Zeit bei ihm?«

Ich ziehe die Schultern hoch, ich weiß es ja selbst nicht so richtig. Papa kenne ich nur von Fotos. Auf denen liege ich im gestreiften Strampler im Kinderwagen.

Doch selbst wenn ich nur ein paar Wochen auf seinem Sofa penne, ist es dort draußen immer noch besser als sechs Wochen hier drinnen. Der Schwarzwald ist groß, und da sind ja auch andere Lebewesen in meinem Alter. Hoffe ich.

Hauke glotzt auf sein Handy und lacht. Er hält es Mum hin. Sie findet es nicht witzig, also ist es kein Super-Süß-Katzen-Filmchen. Hauke leert seine Flasche und rülpst. Und irgendwie ist dann auch Mum endgültig klar, dass sie keine Wahl hat.

Sie umarmt mich und spricht leise in mein Ohr. »Ich hoffe, dein Vater enttäuscht dich nicht.«

Nicht mehr als du mich mit deinem Hauke. Das will ich sagen, lasse es aber doch lieber.

4

Bäume fliegen am Fenster vorbei, komplett blauer Himmel, direkter Blick ins All. Die Klimaanlage ist kaputt, und es riecht nach Leberwurst. Hauptsache keine Störung im Betriebsablauf.

Nach zehn Tunneln höre ich auf zu zählen. Mum meinte, es seien genau sechzehn. Sie hätte sie damals mit mir zählen müssen. Ich wollte das unbedingt, und Fünfjährige können wohl ziemlich nerven. Sechzehn Tunnel. Das hat sie sich echt gemerkt.

Der Zug fährt nah an einem Steinhang vorbei. Ein Metallnetz sichert den Felsen. Mein Kopf lehnt am heißen Fenster, und ich übe schon mal.

Hallo, Dad. Ich bin's.

Nee, so nicht.

Paketpost!

Auch Quatsch, da reicht ein Blick durch den Spion, und ich bin enttarnt. Hat seine Haustür überhaupt einen Spion? Garantiert, sonst hätte er sie ja vor zehn Jahren aufgemacht. Wir haben damals im Haus nur etwas rumpeln gehört.

Vielleicht mache ich es so: *Hier ist Juri! Ich geh auch wieder. Wollte dich nur was fragen.*

Oder ich sag einfach gar nichts. Ich klingle. Er sieht mich und macht auf. Oder er lässt es eben bleiben. Vielleicht öffnet er aus purer Neugierde. Ist mein Vater neugierig? Damals war er es nicht.

Meine Fahrkarte will keiner sehen. Den Bahnmenschen ist es auch zu heiß im Abteil. Der Regionalexpress bremst.

Endstation.

Zehn Leute steigen aus, verschwinden in Autos, die auf sie warten. Ein schwarzer 3er BMW, ein silberner Škoda Octavia und ein Toyota irgendwas.

Aber was will ich mit einem Auto? Für mich stehen rund 400 PS bereit, den Fahrzeugtyp weiß ich nicht. Mit Bussen kenne ich mich nicht so gut aus.

Der Fahrer klemmt mit seinem Bauch vor dem Lenkrad fest. Er winkt mich durch, ohne von seinem Handy aufzuschauen. Im Bus sitzen außer mir vier Leute, alles Rentner, jeder mindestens zwei Reihen vom anderen entfernt. Als könnte keiner die Knoblauchpastillen der anderen aushalten.

Die Türen schließen sich, da rennt ein Mädchen auf den Bus zu. Sie ruft was, aber das hört keiner bei dem Motorenlärm. Ich springe auf und drücke den Türknopf, der Fahrer vorne brummt vor sich hin.

»Danke«, sagt sie schwer atmend. Sie lässt sich auf den Sitz neben mir plumpsen. »Der Nächste kommt erst in drei Stunden.«

Ihr schwarzer Zopf schaut aus einem uralten Jägermeister-Basecap heraus. Sie trägt zerrissene Jeans, ein schwarzes Shirt und Turnschuhe, auf denen nur *adid* steht. Das *as* fehlt offenbar schon eine Weile. Ist irgendwie nicht klar, ob bei ihr alles so gewollt oder einfach nur kaputt ist. Sie ist aber sicher nicht viel jünger als ich. Und ihre Sommersprossen sind der Hammer!

Sie klopft auf den Schlafsack, der auf meinem Rucksack festgebunden ist. »Lass mich raten: Ferien auf dem Land?«

Wir grinsen uns beide an. So wie sie es sagt, klingt es wie: *Willkommen im Club. Wir haben auch kein Geld für Sommerurlaub.*

»Ich besuche meinen Vater.«

»Und wer ist das?«

Ich sage den Namen, und sie steckt sich einen Stöpsel ins Ohr.

»Kennst du ihn?«, frage ich.

Ihr Kopf wippt im Takt mit Rammstein, was selbst die Rentner hören müssen. »Hier kennt jeder jeden.«

»Wohnst du in der Nähe von meinem Vater?«

»Ziemlich«, sagt sie.

»Dann haben wir die gleiche Haltestelle.«

»Mhm … mich holt ein Freund ab.«

Ein Freund, okay. Sie will sich den zweiten Stöpsel reinstecken und schaut noch mal kurz zu mir. »Wie lang bleibst du?«

»Entweder bis heute oder die ganzen Ferien. Entscheidet mein Vater.«

Sie nickt allwissend, und ich überlege, ob sie einfach nicht zugehört hat.

Der Bus schlängelt sich durch Dutzende Kurven den Berg hoch. Links grasende Kühe, rechts ein Abhang, der im dunklen Wald endet. Zwischen den Bäumen glitzert ein steiniger Bach.

Ich muss mich auf die Straße vor uns konzentrieren, sonst wird mir schlecht. Fünf Motorradfahrer überholen uns, und dann sehe ich das Reh. Es streckt den Kopf zwischen den Bäumen durch. So nah an der Straße – es hat nicht einmal Angst vor dem Bus und dem Lärm.

»Schau mal!«

»Was denn?«, fragt das Mädchen neben mir und zieht sich einen Stöpsel aus dem Ohr.

»Da war ein Reh, also direkt neben der Straße!«

Sie steckt sich den Stöpsel wieder rein. »Du bist nicht so oft hier, oder?« War nicht wirklich eine Frage, sonst hätte sie ja mit dem Einstöpseln gewartet.

Am alten Rathaus hält unser Bus. Wir steigen beide aus. Ein Typ kommt auf uns zu, er ist mindestens fünf Jahre älter als ich. Er schaut mich an und runzelt die Stirn. Bevor er was fragen kann, umarmt sie ihn und bohrt ihre Zunge in seinen Mund.

Ein Freund … somit wäre das auch geklärt.

Ich stehe doof daneben, bis sie fertig sind.

Dann sage ich: »Juri.«

Er sagt nichts, hält mir die Hand zum Abklatschen hin und zieht eine Packung Zigaretten aus der Hose. Er klopft sie auf seine Faust, bis eine Kippe zur Hälfte rausschaut. »Willste?«

Ich schüttele den Kopf, das Mädchen nimmt sich die Zigarette.

Er zündet sie mit einem Sturmfeuerzeug an. »Hat der sich verfahren oder was?«

Das Mädchen inhaliert, wartet zwei Sekunden und antwortet beim Ausatmen: »Der besucht seinen Vater.«

Extrem nett, wie die über einen sprechen, vor allem wenn man direkt daneben steht.

Ihr Typ lässt die Schachtel wieder in der Hose verschwinden. »Wir sind jeden Abend am See. Kannst ja mal vorbeikommen.«

»Klar«, sag ich und denke: garantiert nicht. Das Gesabber von eben hat mir gereicht.

Er zwinkert mit einem Auge. »Wir sind immer so fünf, sechs Leute dort.«

Das klingt schon besser.

Wir laufen ein paar Meter nebeneinanderher. Alles ist menschenleer. Nicht mal Kinder, die draußen spielen oder so. Obwohl in jedem zweiten Garten ein Trampolin steht. Alles reglos. Als hätte der US-Präsident über Twitter den Atomkrieg verkündet.

Keine fahrenden Autos. Nichts. Wieso dieses Dorf einen Gehweg braucht, verstehe ich nicht. Hier geht doch gar keiner.

Bei der Amselgasse biege ich ab. »Bis dann!«

»Hoffe für dich, du kannst bleiben«, sagt das Busmädchen und wirft die Kippe auf den Boden.

Immerhin hat sie im Bus zugehört. Trotz Rammstein.

Aschenbecher (so nenne ich jetzt mal ihren Freund) sagt nichts dazu. Er hat sowieso andere Pläne. Er streichelt ihr durch die Haare. »Wollen wir beide 'ne Runde Auto fahren?«

Scheiß Angeber!

5

Das Grübeln in der Bahn hätte ich mir sparen können. Von wegen, wie komme ich bei meinem Vater rein. Seine Haustür steht offen. Das Tor vom Gartenzaun auch.

Etwas bewegt sich in meinem Bauch, und so richtig wohl fühle ich mich nicht. Ich denke an das Frühlingsfest und den Highflyer. Achtzig Meter hoch habe ich da oben mit Diesel-Nora geschwebt, wir waren festgeschnallt wie Kampfpiloten. Dann sind wir in die Tiefe gesaust.

Das Gefühl jetzt im Bauch ist so wie kurz davor, vor dem Fall. So ein Kribbeln, bei dem man nicht weiß, ob es schön ist oder nervt. Es gibt nur einen großen Unterschied zwischen Papas offener Tür und dem Frühlingsfest: Bei dem Highflyer hatte ich *keine* Wahl. Wir konnten ja nicht ewig da oben in der Luft bleiben. Andere hatten ebenfalls Tickets gekauft und warteten bereits unten, und irgendwann wollten die den Turm ja auch wieder abbauen und zum nächsten Fest schleppen. Also ist der Highflyer wieder runtergesaust.

Hier habe ich die Wahl. Ich könnte umdrehen. Ganz einfach. Allerdings wäre umdrehen jetzt auch irgendwie Quatsch. Und Busse fahren sicher auch nicht mehr.

Im schlimmsten Fall schickt mich Papa morgen nach Hause. Na und?

Ich bleibe vor der offenen Tür stehen. Drinnen an der Garderobe hängen Jacken, Mäntel und Kapuzenpullis.

Keine Kindersachen. Am Klingelschild steht auch nur sein Name.

Einfach so rein will ich trotzdem nicht. Ich klingle.

»Achim! Bin im Keller!«, ruft jemand, also Papa, wer sonst. »Bring die große Rohrzange mit.«

Egal, wer Achim ist, am Eingang liegt kein Werkzeug herum. Ich schaue zur Garage, die ist auch offen. Wenn irgendwo Zangen zu finden sind, dann wohl dort.

Kein Auto parkt da, aber Dunlop-Winterreifen hängen an der Wand. Von der Größe her fährt mein Vater einen SUV. Und Werkzeug ist überall. Schraubendreher, Inbusschlüssel, vom Vorschlaghammer bis zum Gummihammer, Sägen in allen Größen und und und und. Alles!

Ich könnte hier die ganzen Sommerferien vor mich hin basteln. Meine Werkstatt bei Mum hab ich zwischen zehn Waschmaschinen im Gemeinschaftskeller eingerichtet. Weil, im eigenen Zimmer darf ich nichts löten oder kleben. Da ist Mum streng. Von wegen giftige Dämpfe und so.

Was ich im Keller einatme, ist offenbar egal.

Bei mir unten stehen also eine Miniwerkbank und eine Werkzeugkiste für meine Modellautos: ein Carbon-Buggy (1,6-PS-Benziner) und zwei Elektro. Der kleine Benziner hat mich vierundzwanzig Samstage Anzeigenblätter austragen gekostet. Das war die Hölle, denn auf fast allen Briefkästen steht *KEINE WERBUNG* drauf. Und dann diese Rentnerschubkarre mit den Heftchen drin.

Als mit Diesel-Nora Schluss war (sie wollte »eine Pause«, logisch), haben wir uns mal zufällig getroffen.

Wir sind uns vor dem Istanbul-Kebab begegnet. Ich stand da mit dem Rentnerschubkarren voller Heftchen, sie stand da mit ihrem Neuen, dem Kickbox-Gitarristen vom Gymi. Und Diesel-Nora war das so peinlich, sie hat nicht mal Hallo gesagt. Ich aber auch nicht.

Die Rohrzangen in Papas Garage hängen zwischen Kombizangen und Spitzenzangen. Alles jeweils in drei Größen. Ich nehme mir die größte und gehe ins Haus. Neben der Garderobe führt die Treppe in den Keller.

Mein Vater pfeift da unten vor sich hin. Überall stehen große Kartons und blaue Tonnen. Er kniet unter drei Rohren, ich beuge mich zu ihm runter und reiche ihm die Zange.

Er nimmt sie mir aus der Hand. »Danke, Achim.«

»Bitteschön.«

Papa blickt mir ins Gesicht. Ruckartig will er sich aufrichten und schlägt sich den Kopf an den Rohren an. Er krabbelt unter dem Metall hervor und steht keine Armlänge entfernt vor mir. Er sieht aus wie auf den Fotos, nur etwas fleischiger im Gesicht und mit grauen statt braunen Haaren.

»Hallo, Papa.«

Er sagt erst mal nichts, sondern presst die Lippen zusammen und scannt mich von oben bis unten. Er betrachtet die Rohrzange in seiner Hand, als käme die nicht aus seiner Garage, sondern als wäre sie das Gastgeschenk von einem Marsianer. »Ist deine Mutter da?«

»Bin allein gekommen«, sage ich.

»Einfach so?«

»Sind Sommerferien.«

»Macht ihr Urlaub in der Nähe?«

»Nee.«

Er nickt, legt die Zange auf die Rohre. Wir schweigen uns eine halbe Minute an.

»Bist ein richtig großer Kerl geworden. Das letzte Mal warst du so ein Knirps.« Er zeigt bis zu seinem Gürtel.

»Da hast du die Tür nicht aufgemacht.« Das klingt vorwurfsvoll, aber es war ja auch echt mies von ihm.

Er nickt. »War eine schwierige Zeit für mich damals.«

Ich schaue auf den Boden. Ist irgendwie einfacher, so zu sprechen. »Ich hab dir ein paarmal gemailt danach.«

»Ich weiß.«

»Du hast nicht geantwortet.«

»Hab ich nicht?«

»Nee. War vielleicht immer noch eine schwierige Zeit für dich?«, frage ich.

»Mhm«, sagt Papa. »Ich hab es auch nicht so mit Kindern.«

»Auch nicht mit dem eigenen?«

»Darfst du nicht falsch verstehen.«

Ich schaue ihn wieder an. »Soll ich gehen?«

Papa blickt zu den Rohren, als würde dort sein Text stehen, dann schaut er auf seine Uhr. »Es fährt gar kein Bus mehr.«

Er winkt mich hinter sich her. Wir gehen die Treppe rauf, und er bleibt im Hausflur stehen. Er zeigt auf meinen dicken Rucksack. »So viel Zeug? Wohin willst du in den Sommerferien?«

»Weiß nicht genau«, sage ich. Weil, wenn ich jetzt die Wahrheit sage, fällt er ins Koma.

Papa führt mich zur Küche. Sie ist größer als unsere. Bierflaschen stehen keine herum.

»Tee?«, fragt Papa. Er füllt zwei Becher und reicht mir einen. »Ist Zeit fürs Abendessen. Hunger?«

Papa holt aus dem Kühlschrank Eier, eine Kanne mit Milch und ein Stück Speck. »Kommt alles von Achim, ein guter Freund. Der lebt draußen in einem alten …«

»… in einem alten und wunderschönen Gutshof.«

Papa und ich drehen uns zur Küchentür. Dort steht Achim. Wer sonst könnte das sein.

Braungebrannt, breite Schultern, vielleicht zehn Jahre jünger als mein Vater, die langen Haare sind zu einem Zopf gebunden. Er legt einen grauen Stoffbeutel auf den Esstisch.

»Und wer bist du?«, fragt er und reicht mir die Hand.

»Juri.«

Achim drückt fest zu und strahlt meinen Papa an. »Dein Sohn ist da. Schön. Ihr habt euch lange nicht gesehen, stimmt's?«

Papa schaut verlegen in seinen Tee.

Ich stottere los. »Ich lebe … also ich wohne … mit meiner Mutter in Stuttgart … ich war lange nicht … meine Mutter und ich … wir …«

»Ich kenne die Geschichte«, sagt Achim, und so wie er es sagt, glaube ich es ihm sofort. Er packt einen Laib Brot aus dem Stoffbeutel. »Hat meine Hanna heute gebacken. Wollte ich schnell vorbeibringen.«

Er klopft mir auf die Schulter. »Komm doch mal vorbei. Ich hab Zwillinge, zwei Mädchen. Und zwei Jungs, Kurt und Heinrich. Der Heinrich ist so in deinem Alter.« Achim strahlt noch immer und klopft meinem Vater auf die Schulter. »Meine Jungs würden doch gut zu Juri passen, oder? Die würden sich freuen!«

Papa verzieht keine Miene.

Achim nimmt meinem Vater die Eierschachtel aus der Hand, legt die Eier vorsichtig in eine Schüssel. Er klemmt sich den leeren Karton unter den Arm und zeigt auf mich. »Wenn du kommst, fütterst du die Hühner bei uns.«

»Klar«, sage ich. Hühner füttern ist okay. Wieso nicht? Hab ich noch nie gemacht. Klingt nach einem Plan.

»Vielleicht schlachten wir auch eins?« Achim schaut mich an.

»Klar doch.« Ich ziehe die Schultern hoch. Hat der ja nicht ernst gemeint, oder?

Mein Vater runzelt die Stirn. Der will mich lieber zur Bushaltestelle bringen als zu Achim.

»Jetzt will ich euch mal allein lassen«, sagt der. Und bevor ich was sagen kann, ist Achim schon wieder weg.

6

Das Rührei mit Speck schmeckt lecker. Und Hannas Brot ist ein Traum. Mein Vater und ich reden nicht viel beim Abendessen. Vielleicht will keiner was falsch machen. Wir stellen uns einfache Fragen. Die Antworten fallen auch knapp aus.

»Arbeitest du noch im Altenheim?«

»Mhm. Aber nur drei Tage die Woche.«

»Wieso?«, frage ich.

»Reicht vollkommen. Hab gerade Urlaub. Wie läuft's in der Schule?«

»Gut. Nur in Mathe hab ich einen Hänger.«

»Ist aber wichtig.«

»Klar. Was steht bei dir an in den Ferien?«, frage ich.

»Erstmal Wasserleitung verlegen, vom Keller ins Gewächshaus. Machen wir morgen.«

»Wir?«

»Achim und ich.«

Papa räumt den Tisch ab, und ich reiche ihm die Pfanne.

»Lass mal«, sagt Papa. »Oben ist mein Arbeitszimmer. Da steht eine Couch. Bettwäsche ist im Schrank im Flur. Oberstes Fach.«

»Ich hab einen Schlafsack.«

»Auch gut.«

Heißes Wasser dampft ins Spülbecken.

»Gute Nacht«, sage ich.

Mein Vater nickt nur. Das Geschirr klappert, und ich trage den Rucksack hoch. Die Türen sind offen, das Flurlicht strahlt in alle Räume.

In einem Zimmer steht ein Doppelbett, ob er da immer allein schläft? Fotos oder so hab ich bisher nirgends gesehen.

Im Raum daneben steht nur ein großer Tisch in der Mitte. Moment mal, träume ich? Auf dem Tisch steht ein Flugzeug! Ich schaue kurz die Treppe runter, es klappert weiter aus der Küche. Das Ding will ich mir genauer ansehen.

Der Rumpf und die Flügel sind aus Holz. Bisher ist es nur ein Gerippe, da muss noch einiges gemacht werden. Unter dem Flieger liegt ein ausgebreiteter Bauplan. Viel entziffern kann ich in der Dunkelheit nicht. Schleifpapier liegt herum, ich taste es ab, grobkörnig und feinkörnig und alles Mögliche dazwischen. Neben dem Flieger liegen eine Schachtel mit Holzleim, Sekundenkleber und ein Schnitzmesser. Brauche ich für die Modellautos alles nicht. Umso interessanter ist das hier!

Und dann entdecke ich den Motor, er ist noch nicht eingebaut. Auch dabei könnte ich helfen. Ein Benziner! Wie mein Carbon-Buggy. Aber schon klar, Modellflug ist die Königsklasse. Wer das beherrscht, der hat es drauf. Ob mich Papa mal fliegen lässt?

Unten ist es ruhig geworden, also gehe ich lieber wieder raus. Muss ja nicht so aussehen, als würde ich rumschnüffeln. Ich doch nicht!

Das Arbeitszimmer ist so klein wie mein Zimmer bei Mum. Ich schalte das Licht an und stehe vor Vaters Schreibtisch. Der ist wie meiner: absolut chaotisch. Eine Landschaft aus Papierbergen. Und überall liegen Briefumschläge herum.

Ich werfe meinen Rucksack neben die Couch und rolle meinen Schlafsack auf. Kurz mal Probe liegen! Ich strecke mich aus, suche den Fernseher im Zimmer und entdecke die Angel in der Ecke. Was für ein Hammerding. Oder ist das jetzt nur Deko?

Nichts gegen Hühner füttern bei Achim. Aber wenn ich stattdessen mit Papa angeln gehen oder den Flieger fertig bauen würde? Das wäre perfekt.

Schon klar, Papa ist nicht gerade super begeistert über meinen Besuch. Aber wenn der merkt, ich bin eben keine fünf mehr – vielleicht kann er doch was mit mir anfangen?

Später rutsche ich auf dem Treppengeländer noch mal runter zur Küche. Mum hätte mich dafür umgebracht. Aber die ist weit weg.

Die Haustür steht offen. Mein Vater hockt auf der Ladefläche von einem Pick-up. Er bindet große Kartons mit einem Seil fest. Sind das die Kisten aus dem Keller?

Am Lenkrad sitzt Achim, die Scheinwerfer leuchten die Amselgasse komplett aus.

Papa entdeckt mich. »Wir erledigen was.«

»So spät?«

»Ist noch keine Geisterstunde«, sagt Papa.

Irgendwie bin ich für ihn wohl doch fünf. Das nervt.

Achim kurbelt die Fensterschreibe runter und strahlt mich an. »Wir sehen uns zur Hühnerfütterung!«

Ich zeige auf die Ladefläche mit den Kellerkisten. »Kann ich euch was helfen?«

Papa ist schon im Pick-up verschwunden. Und Achim fährt los. Das ist auch mal eine Antwort.

7

Den Rucksack packe ich erst mal nicht aus. Duschen wäre eine geniale Sache, ich bin aber viel zu faul. Irgendwann um halb zwölf nachts knurrt der Magen schon wieder. Von Hannas Brot ist noch die Hälfte da. Ich schmiere mir drei Butterbrote. Mit dem vollen Teller in der Hand gehe ich durchs Haus. Fotos hängen keine an den Wänden, nur bunte Zeichnungen von alten Häusern im Wald. Grauenvoll langweilig. Sieht aus wie im Wartezimmer vom Zahnarzt.

Ich liege eine Stunde auf der Couch. Einschlafen kann ich nicht. Wohin fahren die mit dem Pick-up so spät? Was machen Papa und Achim jetzt? Ich drehe mich vierzigmal hin und her, dann ziehe ich mir meine Jeans wieder an. Die Antwort auf alle Fragen liegt im Keller – vorausgesetzt, da liegen noch ein paar von den Kisten herum, die sie vorhin verladen haben.

Unten kenne ich mich schon aus, die Zange liegt an derselben Stelle auf den Rohren. Die blauen Fässer sind nicht beschriftet, und die Deckel sind fest verschlossen. Vier große Kartons sind noch da, auf einem steht eine Adresse in Zürich. Soll ich ihn aufmachen? Ich kann ihn ja wieder zukleben.

Auf einer Magnetleiste in der Küche hängen die Messer, in einer Schublade entdecke ich Klebeband. Und zwei Minuten später ist eines der Pakete im Keller mit dem Brotmesser aufgeschnitten. Ich wühle mich durch

Styroporkugeln zu einer Anleitung weiter. Sie klebt auf einem Metallteil fest. *Handbuch VA X1.*

VA X1? Ich blättere zum Inhaltsverzeichnis, da höre ich einen röhrenden Motor: Achims Pick-up! Ich werfe die Anleitung zurück in den Karton und stelle einen anderen drauf. Zum Zukleben ist keine Zeit.

Als ich das Kellerlicht ausmache, dreht sich ein Schlüssel in der Haustür. Ich schaffe es bis in die Küche.

Das Messer hänge ich an die Magnetleiste, aber wohin mit dem Klebeband? In welcher Schublade war es gewesen?

Da steht mein Vater schon im Türrahmen. Er trägt einen schmutzigen Pullover, Erde klebt an seinen Schuhen. »Noch wach?«

Papa zieht sich die Schuhe aus und klopft sie über dem Spülbecken ab. Er zeigt auf das Klebeband. »Was musst du denn so spät kleben?«

»Meinen Rucksack.« Notlügen finde ich immer. Anders sind Eltern ja auch nicht zu ertragen.

»Mit Paketband?«

»Da ist was an der Seite aufgerissen.«

Er zieht eine Augenbraue hoch, lässt die Schuhe ins Becken fallen und nimmt mir das Klebeband aus der Hand. Er zeigt auf die Schublade links von mir. »Dort ist Panzertape. Das hält besser.«

Ich nehme mir das dunkelgraue Klebeband. »Wo warst du?«

Er reibt sich die Finger mit einer Bürste sauber, dunkelbraunes Wasser sickert in den Abfluss. »Ist zu spät. Wir reden ein anderes Mal darüber.«

Er legt die Bürste auf die Seite und trocknet seine Hände am Geschirrtuch ab. »Acht Uhr Frühstück ist in Ordnung?«

Ich nicke. Auf der Treppe ruft er mir hinterher: »Juri!«

»Ja«, antworte ich so leise wie jemand, der etwas verbockt hat.

»Panzertape hält auch nicht ewig. Nimm den Rucksack mit zu Achim. Hanna oder die Mädchen können ihn ordentlich zunähen.«

»Also kann ich ein paar Tage hierbleiben?«

Erstmal sagt er nichts, oder er sagt es viel zu leise.

»Kann ich?«

»Ja«, sagt er. Begeisterung klingt anders.

Er kommt ein paar Stufen auf mich zu. »Kannst dich bei Achim bedanken. Der würde dich sofort adoptieren.«

Er schaut mich an und wartet auf etwas. Der merkt nicht, dass der Satz ziemlich komisch war. Weil, ich hab ja Eltern. Zumindest eine Mum. Ihn gab es als Vater zwar bisher nur auf dem Papier, aber adoptieren muss mich keiner!

Er dreht sich um und geht die Stufen wieder runter.

»Bauen wir morgen an deinem Flugzeug weiter?«, frage ich.

Papa hält den Kopf schräg. »Kennst du dich mit so was aus?«

Ich halte meine Hand an meinen Gürtel. »Klar, ich gehe dir ja nicht mehr bis hierher.«

Papa schaut so ernst wie schon den ganzen Tag. Und

dann geschieht ein Wunder. Er lächelt. Das kann er also doch. Gleich darauf verschwindet er in der Küche.

»Gehen wir auch mal angeln?«, rufe ich.

Aus der Küche höre ich ihn irgendwas mehr zu sich als zu mir sagen. Mit viel Phantasie war es vielleicht ein »Können wir schon machen«.

»Morgen?«, rufe ich runter.

»Morgen machen wir beide die Wasserleitungen.«

Auch gut, denke ich. Immerhin braucht er dazu nicht mehr Achim. Und ich kann erst mal bei ihm bleiben.

Im Arbeitszimmer nehme ich eine der Scheren aus einem alten Kaffeebecher. Ich steche ein Loch in meinen Rucksack, faustgroß. Mit dem Panzertape klebe ich es zu. Wäre ja doof sonst bei Achim und Hanna, wenn das Loch von allein zugewachsen ist. Egal, wann wir dorthin gehen, ich bin vorbereitet.

Ich verschwinde im Schlafsack und denke an Achim. Seit der Pick-up-Tour ist Papa wie ausgewechselt. Achim hat vier Kinder, da hat er seinem Kumpel vielleicht zugeflüstert: *Das schaffst du jetzt mit EINEM Sohn auch ein paar Tage.*

Auf der Couch liegend will ich die Kistensache vom Keller klären. Ich suche im Handy nach VA X1. Das Kürzel steht für ein Ventilationsaggregat. Vielleicht für einen Stall bei Achims Gutshof? Deswegen waren sie zusammen weg. Aber wieso so spät?

Um zwei Uhr nachts weckt mich Mum. Es ist ihr vierter Versuch, mich zu erreichen. Aber ich möchte eben nicht erreicht werden. Ich will nicht berichten, was ich hier erlebe. Meine Mutter hasst meinen Vater sowieso. Egal, was ich sage, sie würde es nicht gut finden. Die Liste wäre endlos: Er arbeitet nur drei Tage die Woche? Du musst im Arbeitszimmer schlafen? Nachts ist er einfach mit einem Kumpel weggefahren? Er spielt mit Modellfliegern rum?

Dabei ist für mich alles korrekt. Ehrlich. Eine Garage randvoll mit Werkzeug, das Flugzeug (mit Verbrennermotor!), die Monsterangel, irgendwann füttere ich Hühner, die Couch ist auch okay, und, ganz wichtig: Mums Regeln interessieren hier keinen. Wirklich keinen. Und was Hauke macht, kann mir total egal sein.

Aber klar ist, Mum macht sich Sorgen. Und das ist doof. Also schreibe ich ihr eine Nachricht, versuche es zumindest. Ich tippe und lösche fünf Versionen. Denn es klingt immer falsch. Die sechste Fassung sende ich einfach ab. Ich bin viel zu müde für weitere Versuche. Meine Nachricht besteht nur aus einem Satz: *Papas Haustür stand offen.*

8

Es klingelt unfassbar laut. Mein Vater macht nicht auf. Ich renne die Treppe runter zur Tür und schaue durch den Spion. Diesel-Nora lächelt mich an. Nora? Hier? Im Schwarzwald? Fünf Regionalbahnstunden von der Großstadt entfernt? Bei meinem Vater? In den Sommerferien? Ist sie mir gefolgt? Hat meine Mutter ihr die Adresse gegeben?

Ich reiße die Tür etwas zu stürmisch auf. Nora, wie geil ist das denn! Und was ist mit ihrem Kickbox-Gitarristen vom Gymi? Ist der aus dem Boxring gefallen oder in den Bühnengraben?

Alles egal, zu mir passt sie wirklich besser.

»Dachte, du bist auf Malle mit …« Mehr bekomme ich nicht raus. Nora ist weg, sie hat sich in Luft aufgelöst. Stattdessen steht das Busmädchen mit dem Jägermeister-Basecap da. Wie geht das jetzt? Weil, ähnlich sehen die sich überhaupt nicht. Und was ist mit Aschenbecher, ihrem Freund?

Und dann passiert etwas echt Krasses. Das Busmädchen rennt in die Garage zu den Rohrzangen, ich hinterher. Und als ich ankomme, ist sie weg! So wie Diesel-Nora, spurlos verschwunden.

Ranzke steht zwischen dem Werkzeug und den Dunlop-Winterreifen. Er schaut grimmig und hält einen Mathetest in der ausgestreckten Hand. *Meinen* Mathetest.

Und das ist wirklich schräg, weil, den hat er mir einen Monat vor den Ferien schon zurückgegeben. War eine gute Zwei, bei einem Durchschnitt von Drei-Komma-irgendwas. Wobei, der Durchschnitt ist ja wirklich quatsch. Es haben immer dieselben eine Eins oder eine Zwei und immer dieselben eine Vier oder eine Fünf. Und dass der Durchschnitt dazwischenliegt, das sagt überhaupt nichts aus über den Durchschnittsmatheschüler, denn den gibt es ja gar nicht.

Und nun steht Ranzke in der Garage meines Vaters, mitten im Dorf, fernab der Zivilisation. Er zeigt auf eine lange Formel im Test. Ist das meine Schrift? Nie im Leben!

Ranzke bohrt seinen Finger fast durch das Papier. »Die CO_2-Formel ist total falsch. Und der Weltklimarat irrt …«

So was kam doch niemals im Mathetest vor, oder?

»Der was?«, frage ich.

»Alles falsch gerechnet.«

Ich drehe mich im Kreis.

»Was ist los?«, fragt Ranzke.

»Wo ist das Busmädchen?«

»Wer?«

»Oder Diesel-Nora?«

»Wer?«, fragt Ranzke, der auf einmal wie mein Vater aussieht.

»NOOOOORAAAAAA!«

»Wer ist Nora?«, fragt mein Vater.

Ich schrecke hoch und falle von der Schlafcouch auf

den Boden. Es ist super hell und mindestens zehn Uhr oder so. »Äh … Nora? Also … egal.«

»Wenn du meinst«, sagt mein Vater. Er reicht mir die Hand und zieht mich hoch. Ich setze mich auf die Couch und muss erst mal wachwerden.

Papa geht zum Schreibtisch. Er sammelt die Briefumschläge ein und wirft sie in einen Schuhkarton. Ohne sie zu öffnen. Die Regale hinter ihm sind vollgestopft mit diesen Kartons. Alle sind mit großen Buchstaben beschriftet. Jeder Monat hat einen eigenen Schuhkarton.

Ich ziehe meine Hosen an und suche im Rucksack nach der Zahnbürste. »Sind die Umschläge da alle ungeöffnet?«

»Ja.«

»Und wieso?«

»Die haben alle keine Berechtigung.«

»Aha. Keine Berechtigung«, wiederhole ich. So richtig interessiert mich das jetzt auch nicht. Ich habe Hunger, und dass mein Vater komisch ist, ist ja nicht die große Überraschung für mich. Nichts anderes hat mir meine Mutter schließlich die letzten zehn Jahre gesagt.

Papa reicht mir in der Küche die Haferflocken. »Von der Mühle.«

Er schiebt mir eine Schüssel mit getrocknetem Obst zu. »Von Achims Wiese. Hat alles Hanna gedörrt.«

Ich nehme mir die Milchflasche. »Hat Achim Kühe?«

»Vom Bauer im Nachbardorf.«

Ich schütte Flocken, Obst und Milch in die Schüssel und löffle los.

Mein Vater stellt eine Kaffeekanne auf den Tisch. »Ist Nora deine Freundin?«

Offenbar hat er ein Thema gefunden, über das er gerne sprechen will. Ich aber nicht! »Eine aus meiner Klasse«, sage ich.

Ich könnte fragen: *Hast du eine Freundin? Eine Frau? Weitere Scheidungen? Weitere Kinder?* Frage ich aber alles nicht, weil, über Nora will ich ja auch nicht reden.

Wir sagen drei Müslischalen lang gar nichts mehr.

Papa isst nur zwei und wartet, bis ich fertig bin. »Bereit für die Arbeit?«

»Das Flugzeug?«, frage ich.

»Erst zu den Rohren in den Keller, dann legen wir die Wasserleitung zum Garten. Dann das Flugzeug. Abgemacht?«

Mit vollem Magen folge ich meinem Vater die Treppe nach unten.

Bis zum Abend haben wir die Leitung gelegt. Sie führt vom Keller über den Lüftungsschacht durch den kleinen Garten bis ins Gewächshaus. Dort wachsen Tomatenstauden und Kräuter. Papa hatte alles schon geplant, vorgemessen, aufgemalt, abgedichtet und zugeschnitten.

»Hast du bei deiner Mutter auch eine Werkstatt?«, fragt er.

»Klar.« Dass meine Sachen von Wäschetrocknern und Waschmaschinen umzingelt sind, tut nichts zur Sache.

»Was baust du da?«

»Modellfahrzeuge und so.«

»Deswegen bist du so scharf auf den Flieger.«

»Wir haben das gleiche Hobby«, sage ich.

Papa hört es nicht oder will es nicht hören. Denn eigentlich wollte er mich ja loswerden. Und jetzt wird es immer schwieriger. So doof und uninteressant bin ich offenbar gar nicht. Der kleine Knirps ist sozusagen groß geworden.

Ich weiß nicht, ob Papa das Gleiche denkt. Er schaut mich ziemlich lange einfach nur so an.

»Komm mit nach oben!«, sagt er.

Und dann basteln wir zusammen los. Wir basteln und schweigen. Ist für mich in Ordnung. Ich will hier auch keine Fehler machen. Hab ich schon oft bei den Autos erlebt, einmal gepennt, und man muss den ganzen Mist wieder auseinandernehmen und von vorne anfangen. Nur weil am Ende zwei Zahnräder übrig bleiben.

»Halt mal«, sagt Papa und drückt mir eine Rolle mit Folie in die Hand.

»Was machen wir?«

»Wir bespannen die Tragflächen.«

Erst denke ich, das geht fix. Dann sitzen wir stundenlang da. Aber ich kenne mich mit Schrumpfschläuchen aus. Und das ist nichts anderes. Papa spannt die Folie, und ich bügele sie heiß, sie schrumpft und zieht alles zusammen.

Am nächsten Tag gehen wir an die Lackierung, das machen wir natürlich im Garten. Mittags schrauben wir den Motor auf die Platte und ziehen die Leitungen zum

Tank. Wir bauen mit vielen Pausen und lassen uns in Ruhe.

Ich zocke am Handy, und Papa glotzt in sein Laptop. Mum muss ich nicht mehr alle paar Stunden schreiben. Die weiß, dass es hier läuft.

Aschenbecher sehe ich nicht. Das Busmädchen auch nicht. Die hängen sicher am See ab. Und ich hab das Grundstück gar nicht mehr verlassen seither.

Am dritten und letzten Bautag geht es an die Steuerung. Wir bauen die Servos ein, für die Höhenruder, die Seitenruder, das Lenkfahrwerk, und einen Servo zum Gas geben. Dann müssen wir mit Blei den Flieger ins Gleichgewicht bringen. Das dauert ewig, aber wir schaffen es.

Papa klopft mir auf die Schulter. »Hätte nicht gedacht, dass ich den fertig bekomme.«

»Zu spät zum Fliegen?«, frage ich.

»Ja.«

»Morgen ist auch noch ein Tag«, sage ich und höre mich wie Mum an.

Papa schüttelt den Kopf »Morgen müssen wir zu Karl. Und zu Achim.«

Keine Ahnung, wer Karl ist. Aber bei Achim lerne ich endlich seine Söhne Heinrich und Kurt kennen. Und die Zwillinge. Und seine Frau Hanna. Und die Hühner natürlich.

9

Karl ist der Automechaniker im Dorf. Er wohnt elf Häuser von meinem Vater entfernt, nicht mehr Amselgasse, sondern Finkenweg. Und da ganz am Ende.

Unterwegs begegnet uns niemand. Es ist Mittag und so menschenleer wie immer in dem Dorf. Entweder schlafen noch alle. Oder sie schlafen schon wieder. Oder sie sind wach und schauen Fernsehen. Oder sie zocken. Oder sie machen richtig Urlaub. Also woanders.

»Angekommen«, sagt mein Vater.

Eine richtige Werkstatt sehe ich nicht, nur eine große Garage neben einem gelben Haus mit dunkelroten Fensterläden. Sieht aus wie in Schweden, obwohl ich da noch nie war, so stelle ich es mir halt vor. Am Zaun warnt ein gelbes Schild mit schwarzem Schäferhund: *Achtung! Hier wache ich.*

Mein Vater öffnet das Tor, ich warte ab, und er winkt mich rein. »Den haben sie ihm leider vergiftet.«

»Was?«

»Den Hund haben sie ihm vergiftet.«

»Wer?«

Er zieht die Schultern hoch und klopft an die Metalltür, seitlich vom Garagentor. Drinnen läuft Helene Fischer für Schwerhörige, wie bei Oma immer.

»*Herzbeben …*«

»KARL?«, ruft mein Vater.

»*… lass uns leben …*«

»KARL?«

»... *Herz lass es beben ...*«

Nichts.

»... *Herzbeben ...*«

Ohne zu warten, geht Papa rein, und ich folge ihm. Und dann stehe ich im Paradies.

Hebebühne, ein Prüfstand für die Bremsen, Absauganlage, Diagnosecomputer, wenn auch etwas alt, und eine Werkzeugwand mit einer halben Tonne an Geräten. Zwischen den Maulschlüsseln und Schraubendrehern hängen Autokennzeichen. Bestimmt ein Dutzend. Die schaue ich mir genauer an. So alte Teile habe ich noch nie gesehen. Statt europablau mit gelben Sternen ist da eine schwarzweißrote Flagge. Kein schwarzes D im Muster, sondern ein schwarzes DR.

»Was heißt DR?«

Mein Vater läuft zur Metalltür auf der anderen Seite. »Deutsches Reich.«

»Aha«, sage ich, mehr fällt mir dazu nicht ein.

Karl ist Sammler. So weit ist das hier für mich wie im Museum, bis ich die aktuelle TÜV-Plakette auf einem der Kennzeichen sehe. Darunter ist ein Kreuz wie auf einem alten Kriegsorden oder so abgebildet.

»Und wieso die neue TÜV-Plakette auf den alten Nummernschildern?«

Keine Antwort. Mein Vater ist nicht mehr in der Garage. Eine Tür gegenüber steht offen, und Papa geht auf einen Rasen zu, der vollgeparkt ist mit Autos.

»PAPA!«

Er dreht sich zu mir um. »Komm mit!«

Zwischen zwei Audis, einem 3er BMW und einem Škoda SUV ist ein weißer Klapptisch aufgebaut. Dort sitzen ein alter Mann, mindestens siebzig, Bierbauch, Halbglatze, und eine rundliche Frau mit Lockenwicklern und so einer blumigen Bluse. Sie löffeln Suppe.

Mein Vater bleibt zwei Autolängen von ihnen entfernt stehen. »Mahlzeit zusammen. Karl, soll ich später wieder…«

»Mahlzeit«, sagt Karl mit vollem Mund. »Da vorne ist ein Stuhl.«

»Wir können später …«

»Wir?« Karls Frau dreht sich zu uns um. Sie zupft an den Lockenwicklern und macht sich die oberen zwei Knöpfe der Bluse zu. »Zwei Stühle. Bringt bitte zwei Stühle! Habt ihr Hunger?«

Mein Vater schaut mich und dann wieder Karls Frau an. »Keine Umstände.«

»Hinsetzen!«, sagt Karl.

Ein klarer Befehl. Wir gehorchen.

»Das ist Juri. Mein Sohn.« Klingt komisch, wie Papa das sagt. Er nuschelt *mein Sohn* in sich hinein. Bin ich ihm peinlich, oder muss er einfach noch üben?

Karl tut so, als wäre ich Luft. Seine Frau lacht aber für zwei. Sie läuft ins Haus und kommt mit zwei Schüsseln, zwei Löffeln und zwei Gläsern zurück. Mein Glas füllt sie randvoll mit Apfelsaft und reicht meinem Vater die Karaffe. Ich hätte schwören können, sie sagt: *Der Saft ist von Achim und Hanna.*

Macht sie aber nicht.

Meinem Vater legt sie mit einer riesigen Gabel drei

Maultaschen in die Schüssel. Bei mir schichtet sie einen ganzen Berg auf.

»Danke schön.«

»Sehr, sehr, sehr gern, junger Mann.«

Sie schöpft mir Suppe nach, bis die Hälfte des Maultaschenberges in der Brühe versinkt. »Ist deine Mutter auch …«

»Elsbeth!«, sagt Karl, und es klingt nicht besonders nett.

»Ich will doch nur wissen, ob …«

Karl haut mit zwei Fäusten auf den Klapptisch und löst einen Tsunami aus. Eine Welle mit Maultaschensuppe schwappt über meinen Teller. »Lass den Jungen erst mal in Ruhe essen.«

Sie lächelt ihm böse zu und reicht mir ein Päckchen mit Taschentüchern. »Manche Männer können zwei Sachen gleichzeitig machen. Stimmt's, Juri?«

Karl beugt sich zu meinem Vater. »Die Alte bringt mich noch ins Grab.«

Bevor Elsbeth etwas sagen kann, melde ich mich: »Also, die schmecken super, die Maultaschen. Wirklich. Richtig gut.«

»Da siehst du mal, Karlchen. Loben können manche Männer auch.«

Karl verdreht die Augen. Mein Vater löffelt hungrig weiter.

»Dein Wagen ist fertig«, sagt Karl.

»Gut. Was bekommst du?«, fragt mein Vater.

Karl hält den Löffel hoch. »Machen wir später. Was habt ihr vor?«

»Wir wollen zu Achim.«

Elsbeth schaut zu mir und dann wieder zu meinem Papa. »Kurt und Heinrich, die werden sich freuen.«

Karl steht auf. »Wenn du zu Achim fährst, kannst du ihm was mitbringen.«

»Was denn?«, fragt Papa.

Karl nimmt sich ein Taschentuch und tupft sich die Lippen trocken. »Hängt in der Garage. Seine zwei Kennzeichen sind fertig.«

10

Wir fahren auf einem Feldweg an Wiesen vorbei. Links ein Bauer mit Traktor, rechts ein Bauer mit Traktor, in der Mitte wir mit Papas Škoda.

Mein Vater ist so gesprächig wie ein Sack Kartoffeln. Wir haben zwar die letzten Tage auch nicht viel geredet, aber da waren wir ja mit dem Flieger beschäftigt.

War Papa früher bei Mum auch so, oder hat er auf dem Dorf das Sprechen verlernt? Also, wenn jemand nichts zu sagen hat, okay, dann lieber mal die Klappe halten. Aber wir haben uns seit hundert Jahren nicht gesehen.

Und ich bin kein Sack Kartoffeln! Mir fällt auf jeden Fall immer was ein.

Ich klopfe auf das Armaturenbrett. »Wie viel PS hat der?«

Mein Vater hat die Daumen ins Lenkrad geklemmt und trommelt mit acht Fingern einen Takt aufs Kunstleder. Könnte Helene Fischers *Herzbeben* vom Maultaschen-Karl sein. »Weiß nicht genau.«

»Schaltet der Allrad automatisch zu?«, frage ich.

»Mhhhm.«

»Neun Airbags?«

»Kann sein.«

»Ist doch ein Škoda Karoq?«

»Ja.«

»Welches Modell? Scout oder Sportline?«

»Scout.«

»Was schluckt der?«

»So sechs oder sieben.«

»Laut Hersteller oder echt?«

»Mhm.« War jetzt keine präzise Antwort. Aber ich will ja nicht nerven.

»Und was musste Karl reparieren, das sieht doch alles …«

Mein Vater bremst von sechzig auf null in drei Sekunden. Mein Gurt fängt mich auf.

Haben wir einen Feldhasen überfahren, oder was? Ich schaue zu ihm rüber, da ist er schon aus dem Auto gestiegen, läuft um den Wagen herum und reißt meine Tür auf.

Das war's. Heute Abend sitze ich wieder bei Mum und inhaliere Haukes Alkoholfahne. Muss ich von hier zurücklaufen, oder bringt mich Papa noch schnell zu seinem Haus? Und dann Rucksack packen und ab in die Bahn.

Papa winkt mich tatsächlich aus dem Auto. Ich bleibe sitzen. Er hält meine Tür auf. Ich bleibe weiter sitzen. Aber ich muss schlucken und spüre einen Kloß im Hals.

»Willst du nur quatschen«, fragt Papa, »oder einfach mal selbst fahren?«

Ich schaue zum Lenkrad, raus zu meinem Vater und wieder zum Lenkrad. Irgendwie fällt mir dazu echt nichts ein. Ob ich quatschen oder fahren will?

Weil, das ist ja eine fiese Frage, ich bin ja per Gesetz verdammt zum Quatschen. Ich *darf* nicht fahren. Und wenn uns einer der Traktorfahrer oder die Polizei oder wenn meine Mutter oder …

Da sagt mein Vater etwas, das ist echt krass. »Sitz nicht da wie ein Sack Kartoffeln. Los jetzt!«

Als wir nach ein paar Minuten in den Waldweg abbiegen, hab ich das mit dem Kuppeln noch nicht so raus. Aber, hey Leute! Ich fahre *Auto*!

Papa ist nicht so der große Kommunikator, aber er hat andere Qualitäten. Bei Mum darf ich nicht mal als Beifahrer den Scheibenwischer einstellen.

Ich fahre konstant zwanzig im fünften Gang. Untertourig dröhnt der Motor, aber er säuft nicht ab.

»Willst du wieder ans Steuer?«, frage ich.

»Wieso?«

»Also, beim Feldweg war es einfach, aber der Waldweg … die ganzen Bäume links und rechts, und es ist ziemlich schmal hier … und wenn uns einer entgegenkommt und …«

»Pass einfach auf.«

»Okay. Und wenn der Förster …«

»Zweiten.«

»Was?«

»Schalt doch mal in den Zweiten.«

Meine Augen sind auf den Kieselbelag fixiert, die Steinchen knirschen unter uns weg. Doch das blauangemalte Holzschild mit dem Pfeil nach rechts kann ich trotzdem lesen. *Waldsee.*

Waldsee heißt für mich: das Busmädchen mit fünf Freundinnen. Mindestens! Und es sind Sommerferien. Wir sind am See, und wir sind eine geschlossene Gemeinschaft, die Gemeinschaft der Nichtweltreisenden, der Zuhausegebliebenen, und das verbindet uns. Oder?

Dann kippt das Bild. Ich stelle mir Aschenbecher vor. Er wacht über alles, nicht nur über das Busmädchen. Aber Moment! Er hat mich doch eingeladen. Oder war sie es? Will sie vielleicht Aschenbecher loswerden und viel lieber mich, den Jungen aus der Großstadt?

»Wohnt Achim beim Waldsee?«, frage ich.

»Nein. Wir müssen weiter geradeaus.«

War klar. Aber ich komme wieder. Und Aschenbecher, ich bleibe dran!

Der alte Gutshof im Wald sieht aus wie ein alter Gutshof im Wald im Film. Netflix, nicht ARD! Die Menschen leben fern von allem, sie versorgen sich selbst. Weil, Aldi ist einfach zu weit weg. Und was hier draußen geschieht, erfährt keiner.

In der Kellerküche wird heimlich Crystal Meth gekocht. In riesigen Töpfen! Am Kochlöffel weiße Junkie-Gesichter, verpickelt und krank und süchtig. So muss es hier bei Achim sein.

Und da steht Achim in braunen Lederhosen und einem rotweißkarierten Hemd. Also in echt. Er arbeitet auf dem Hof und guckt zu uns ins Auto. In der Hand hält er eine Axt. Neben einem kniehohen Baumstamm liegen Holzscheite.

Papa steigt zuerst aus. Ich kümmere mich um die Gangschaltung, um das Licht und um die Handbremse, verstelle den Rückspiegel und rüttle wieder am Gang. Und ich hoffe vor allem, der Rest der Familie kommt endlich raus. Also, solange ich am Steuer sitze. Und die denken dann: Juri fährt den SUV-Škoda. Nicht schlecht!

Es kommt aber keiner, und ich steige enttäuscht aus.

»Hab schon gedacht, Karl sitzt am Steuer«, sagt Achim. »So besoffen, wie ihr angetrudelt seid.«

Mein Vater reicht Achim die Hand. »War sein erstes Mal.«

Achim schaut mich mit einem traurigen Blick an und nickt in Zeitlupe. Hat der Mitleid, oder was? Ich meine, macht man im Schwarzwald mit vier den Führerschein?

Zwei Mädchen kommen raus, vielleicht dreizehn oder so, mit kurzen gelben Kleidern, die Zwillinge, logisch. Und da bin ich jetzt echt kaputt, die sind bildhübsch. Ich hab ja keine Waldhexen erwartet, aber zwei so süße Mädchen, nee, echt nicht. Sie kichern und verschwinden wieder im Haus.

»HANNA!«, ruft Achim. »KURT! HEINRICH!«

Was ist mit den Zwillingen? Haben die keine Namen? Ich hab doch nur zurückgelächelt.

»Ich bin in der Küche. Kommt bitte«, singt eine helle und weiche Stimme. Sie klingt nicht nach Drogenlabor, Crystal Meth und Junkie-Gesicht. Eher so nach Vollkornspätzle.

Achim reibt sich die Hände in einer Schüssel mit Wasser sauber. »Schon gegessen?«

»Suppe bei Karl«, antwortet Papa. Ich sehe den riesigen Mount Maultaschen noch vor mir. Da geht nichts mehr rein heute.

Achim verzieht das Gesicht. »Suppe?« Er klopft mir

auf die Schulter. »Das war deine Vorspeise. Kommt rein!«

»Warte mal.« Papa holt die zwei Kennzeichen aus dem Kofferraum. Er überreicht sie Achim. »Das passt, oder?«

Achim reibt sich über den Fünf-Tage-Bart. »Gerade rechtzeitig.«

11

Achims Frau Hanna umarmt meinen Vater, dann mich. Sie wuschelt durch meine Haare. Das muss nicht sein. Auf so Ideen kommen nur Mütter. Echt. Diesel-Noras hat mal gewuschelt, als sie mich vor der Schule kennengelernt hat. Meine Mum wuschelt. Und jetzt wuschelt Hanna. Wuscheln bei einem Hund oder so ist ja okay. Wie süß der ist und wie alt und die langen Ohren und wie kuschelig. Aber bei einem Jungen?

Hanna wuschelt weiter. »Schön, dich kennenzulernen.« Ohne die Hand von meinem Kopf zu nehmen, führt sie mich zum Tisch. Fühlt sich an wie ferngesteuert.

Natürlich sitze ich nicht bei den Zwillingen, sondern auf der Seite gegenüber. »Hoffe, du hast Hunger?«

Soll ich lügen oder vom Mount Maultaschen berichten?

Mein Vater antwortet für mich: »Der hat immer Hunger.«

So, als würde er mich kennen, als wäre da keine Trennung gewesen. Kein Vor-der-Tür-stehen-Lassen wie einen Hund, der nicht rein darf. Aber wuscheln dürfen jetzt natürlich alle bei ihm, also bei mir.

Die Zwillinge flüstern hin und her. Und da sie immer wieder zu mir blicken, ist es nicht sonderlich schwer zu erraten, was ihr Thema ist.

Die Tür springt auf, knallt gegen die Wand, und die

Jungs rennen rein, Kurt und Heinrich, wer sonst. Erst als sie mich sehen, schalten sie einen Gang runter und beenden die Verfolgungsjagd.

»Hallo, Juri!«, sagt der größere von ihnen, das muss Heinrich sein.

Fühlt sich komisch an, wenn alle einen kennen. Also, wenn man nicht weiß, was sie von einem wissen und was nicht. Bin ich Juri, der vorm Alki-Freund seiner Mutter flieht? Bin ich Juri, der nicht mal Geld für Mallorca hat? Bin ich Juri, der seinen Vater besucht, der ihn vor zehn Jahren nicht reingelassen hat? Oder bin ich einfach nur Juri, der Erstbesteiger von Mount Maultaschen?

Kurt und Heinrich reichen mir die Hand und packen kräftig zu. Sie sehen aus wie Finni und Janosch aus meiner Klasse, jedoch in der Outdoor-Version. Also mehr Farbe im Gesicht und auf den Armen und Händen. Sie haben insgesamt mehr Muskeln, breitere Schultern und viel mehr schiefe Zähne.

Hanna stellt eine Pfanne und zwei Töpfe auf den Tisch. Alles so groß wie in der Schulkantine. Kommt noch ein Reisebus vorbei? *Erleben Sie ein Mittagessen mit Locals! Speisen Sie mit echten Schwarzwäldern. Verfolgen Sie die Schwingungen der Kuckucksuhr, made in Black Forest.*

Hanna setzt sich zu uns, lächelt mich an und schweigt.

Kein Reisebus also.

Und eine Kuckucksuhr hängt auch nirgends.

Alle sind ruhig.

Sogar die hübschen Zwillinge schaffen es, endlich die Klappe zu halten.

Achim breitet seine Arme aus, und die anderen tun es ihm nach. Wir fassen uns alle an den Händen. Ich sitze zwischen Kurt und Heinrich, und jetzt drücken sie gar nicht mehr kräftig zu. Weich und watschelig liegen ihre Hände in meinen.

Wir schweigen weiter, schauen uns an, ich lächle unsicher, die anderen lächeln sicher zurück, und dann spricht Achim. »Gott, von dem wir alles haben, wir preisen dich für deine Gaben. Du speisest uns, weil du uns liebst, segne auch, was du uns gibst.«

»Amen«, sagen alle, und selbst ich nuschle etwas vor mich hin. Obwohl ich nicht mal getauft worden bin.

Hanna schöpft mir breite Nudeln in meinen Teller. Mit einer Kelle gießt mir eines der Mädchen eine weiße Kräutersoße über die Nudeln. Das zweite Mädchen legt mir die größte Scheibe Fleisch von der Pfanne obendrauf.

Die anderen am Tisch müssen sich offenbar selbst nehmen.

Mein Vater ist Stammgast, zumindest kommentiert er alles. »Die Nudeln machen die Zwillinge selbst … die Kräuter kommen vom Garten … Hühnchen geschlachtet von …«

Irgendwann höre ich gar nicht mehr richtig zu. Mein Vater erzählt, erzählt und erzählt und irgendwann kapiere ich, wieso. Wenn er vom Essen labert, können die anderen keine Fragen über uns beide stellen. Wieso bin ich da? Was macht meine Mutter? Also seine Exfrau! Wo war ich all die Jahre? Und warum zur Hölle hat er sich nie für mich interessiert?

Ich meine, wir sind beide immerhin Modellbauer! Wir horten Werkzeug und basteln gern rum. Das ist doch ein Anfang.

Heinrich legt sein Besteck auf den Teller und dreht sich zu mir. »Kommst du mit uns spielen?«

Kommst du mit uns spielen. Das klingt wie mit kleinen Hot-Wheels-Autos über eine Straßenmatte robben. Aus dem Spielzeugalter bin ich raus. Die Dorfis Kurt und Heinrich vielleicht noch nicht.

Hanna klopft dreimal mit der Gabel gegen das leere Wasserglas. »Erst der Unterricht.«

»Ohhhhhh ...«, sagt Kurt.

»Wir haben Besuch!«, sagt Heinrich.

»Maaaamaaaa!«, sagen die Zwillinge. Natürlich gleichzeitig.

Und dann stehen alle wortlos auf und folgen ihrer Mutter. Das nenne ich einen krassen Protest.

Ich rufe ihnen hinterher: »Ihr habt Schule?«

Kurt schließt die Tür extrem sachte hinter sich. Er knallt sie nicht mal zu. Verstehe ich nicht, weil, das geht doch eigentlich immer: zuknallen! Was nervt Eltern mehr. Aber nein, nichts knallt. Rein gar nichts.

Weg sind die Dorfis, oder sagen wir besser Waldis. Denn der alte Gutshof ist wirklich tief im Wald.

Achim legt mir das letzte Stück Fleisch auf den Teller. »Sie sind alle in einer Stunde wieder da.«

Ich schneide mir das Fleisch in kleinstmögliche Stücke. Ich kann echt nicht mehr. »Nur eine Stunde? Wo ist die Schule?«

»Der Unterricht ist im Wohnzimmer.«

»Kommt ein Lehrer?«

»Hanna unterrichtet.«

Ich kaue, und Achim erzählt.

Obwohl, nein, das stimmt nicht. Erzählen trifft es nicht, Achim fragt etwas. Und danach fragt er noch einmal. Dann erst sagt er, wieso ich falschliege. Und dabei erinnert er mich an Ranzke. Der macht es auch gern so in Mathe und Chemie.

Achims Fach ist Pflanzenkunde. »Kennst du Johanniskraut?«

Ich schüttele den Kopf.

»Du kennst Johanniskraut nicht?«

»Nein.«

»Damit haben schon unsere Vorfahren geheilt, da hieß es Herrgottsblut.«

»Krasser Name.«

»Was ist mit Malven?«

»Nie gehört.«

»Du hast nie von Malven gehört?«

»Nee.«

»Natürlich nicht. Die helfen bei Erkältungen mehr als jede Pille.«

»Echt?«

»Erklärt dir keiner in der Schule. Die Natur gibt uns alles. Das ist verbotenes Wissen. Weißt du, wieso dir kein Arzt Malven verschreibt?«

Keine Ahnung, bei einem Schnupfen nehme ich auch keine Medikamente. Wieso soll ich da dann Kräuter schlucken? Also rate ich drauflos. »Weil man von Malven vielleicht Blähungen bekommt.«

Mein Vater lacht, Achim antwortet todernst. »Weil das die Pharmaindustrie nicht will. Und die Politiker werden alle bezahlt von der Industrie. Nie davon gehört?«

»Aber es lässt sich doch nicht alles mit Pflanzen und so heilen, oder?«

»NATÜRLICH!«, sagt Achim viel zu laut.

»Und Krebs?«

»AUCH!«

Ich schlucke den letzten Bissen runter und leere mein Wasserglas in einem Zug.

»Oder nehmen wir das Wasser. Wie hat es dir geschmeckt?«, fragt Achim.

»Wie Wasser«, sage ich.

»Viel besser als das Stadtwasser, oder?«

»Na ja, also, ehrlich gesagt …«

»Siehst du! Es ist nämlich Quellwasser. Ich hole es frisch von der Quelle. Frei von allen Behandlungen. Kein Infrarot, keine Chemikalien. Nichts.«

Achim redet und redet, und ich ärgere mich. Nicht über das, was er sagt. Aber wenn er in der Küche auch Unterricht macht, hätte ich ja gleich mit Hanna mitgehen können. Dort sind immerhin die Zwillinge.

Mein Vater stapelt die leeren Teller übereinander.

»Lass mal«, sagt Achim. »Das machen die Frauen nachher.«

Er zieht eine leere Eierpackung aus dem Schrank. »Juri, du bist doch heute für unsere Hühner verantwortlich, oder?«

12

Der Hühnerstall ist neben dem Schweinestall. Und während dort aufgeregt gegrunzt wird, ist der Hühnerstall leer. Die Tiere sind im Freigehege. Achim zeigt auf einen Schuhschrank am Eingang. »Die blauen müssten dir passen, sind Heinrichs Stiefel.«

»Ich brauch keine.«

»Doch.«

Ich schlüpfe in Heinrichs Stiefel, und nach den ersten zwei Schritten muss ich Achim recht geben. Man braucht unbedingt Stiefel! Der Boden ist zugeschissen wie die Toilette beim Volksfest.

»Wie viele Hühner habt ihr?«

»Zwanzig Rheinländer. Da vorne sind die Nester.«

Sieht aus wie eine niedrige Regalwand von Ikea, nur ist sie nicht weiß, sondern braun und zerkratzt. Zwischen den Nestern sind Trennwände. Ich greife nach den Eiern und fühle mich wie ein Dieb.

Was denken die Hühner, wenn sie zurückkommen von draußen? Sind Eier für die Hühner nicht so etwas wie Kinder für uns? Andererseits weiß ich auch nicht, können Hühner denken? Oder sich erinnern? Vielleicht legen die einfach so ein Ei, gehen raus und das war's.

Vor mir gackert ein Huhn im Nest und flattert mit seinen Flügeln in mein Gesicht. Ich mache einen Schritt zurück, rutsche aus und lande mit der Hose auf dem vollgeschissenen Boden. Das Huhn hat sich mindestens genauso erschreckt wie ich und gackert laut weiter.

Achim hilft mir hoch. »Die brütet ihr Ei und beschützt es.«

»Und wieso machen das die anderen nicht?«

»Die haben Hunger, und draußen gibt es Essen.«

Achim drückt mir eine Schüssel in die Hand, angeblich Weizen und Hafer.

Also, ich blicke da nicht durch. »Die Hühner wissen, dass es jetzt Essen gibt?«, frage ich.

»Die haben uns ja sprechen hören. Meine Stimme erkennen die natürlich«, sagt Achim.

Mann o Mann, wenn die Viecher so was begreifen, können die auf jeden Fall denken und sich erinnern, und dann bin ich hier der Dieb, so viel steht fest.

Ich streue die Körner draußen auf den Rasen. Die Hühner picken alles weg. Auf dem Rückweg stelle ich die Schüssel vor die Nester. Ein paar Körner hab ich übrig gelassen.

»Ist für dich«, sage ich zum Brüt-Huhn und bin weg.

Achim legt die Eierpackung auf die Rücksitze von Papas Auto. Der hat seinen Wagen gar nicht abgeschlossen.

»Du bekommst eine Hose und ein Hemd von Heinrich«, sagt Achim. »Geh schon mal hoch ins Badezimmer.«

Stiefel von Heinrich, Hemd von Heinrich, Hose von Heinrich. Heinrich wird mich hassen.

Nur mit schwarzen Shorts stehe ich im Badezimmer. Ich warte auf die Kleider. Die Ansammlung von Zahnbürsten und Handtüchern ist beachtlich. Sieht aus wie das Waschbecken bei der letzten Klassenfahrt, Jugendherberge München-Park, Sechs-Bett-Zimmer mit Dusche und WC. Und hier leben ja auch sechs Leute.

Endlich klopft Achim, und ich mache die Tür auf. »Danke, Achi…«

Eines der Zwillingsmädchen steht vor mir, Heinrichs Hemd und Hose liegen auf ihren Armen. »Heinrichs Sachen passen dir bestimmt«, sagt sie.

»Bestimmt«, sage ich und strecke meine Hände aus.

Sie reagiert nicht, sondern guckt mich von oben bis unten an. »Du hast doch Größe S?«

»Jahaaaa!«, sage ich.

»Denke auch.« Sie grinst und reicht mir endlich die Sachen. Ich will die Tür zumachen, da drückt sie sich schon an mir vorbei und steht im Bad.

Wenn Hanna oder Achim kommen, bin ich geliefert. Also mach ich erstmal die Tür zu. So sieht uns keiner.

»Ich heiße übrigens Margarete.«

»Okay.« Ich ziehe mir endlich die Hosen an und stopfe das Hemd rein. Sieht scheiße aus, und ich ziehe es wieder raus.

»Du kannst mich Maggi nennen.«

»Maggi? Echt jetzt?«

»Und meine Schwester heißt Martha.«

»Alles klar. Margare… äh, Maggi und Martha.« Ich schaue zur Tür. Klopft da jemand? Kommt jemand die Treppe hoch zum Bad? »Wollen wir vielleicht lieber draußen reden und …«

»Das wollen meine Eltern nicht.«

»Die wollen, dass wir im Badezimmer miteinander reden?«

Maggi zieht die Augenbrauen zusammen. Das kann sie für ihr Alter schon echt gut. Es sieht verdammt streng aus.

Ich halte beide Hände hoch. »Hab schon kapiert.«

Sie guckt mich immer noch an. Und dann bin ich vernünftig, super vernünftig. Weil, ich bin fünfzehn. Und sie ist erst … äh?

»Wie alt bist du?«

»Dreizehn.«

»MARGARETE!«

Das war Hanna. Und es klang nicht so lustig, vermutlich hat Hanna die Augenbrauen auch schon kilometerweit zusammengezogen. Von irgendjemandem muss es Maggi ja gelernt haben.

»Hast du eine Freundin?«, fragt Maggi.

»MARGARETE!« Das war auf der Treppe.

»Nee«, sage ich.

»Hattest du mal eine?«

»Ja.«

»MARGARETE!«

»Wie lange bleibst du bei deinem Vater?«

»So … vielleicht …«

Jemand pocht an die Tür. »JURI?«

»Äh … ja?« Maggi und ich kommunizieren mit rollenden Augen. Schweigend sind wir uns einig.

Der Plan steht.

»War Margarete schon bei dir?«, ruft es von draußen.

Ich öffne Hanna die Tür und streife mir das Hemd

glatt. »Ja, war sie. Sie hat mir alles gebracht. Passt super. Danke.« Etwas zu selbstsicher zeige ich zum Fenster. »Maggi wollte zu den Hühnern.«

»Maggi?«

»Also, Margarete.«

»Schon klar. Und sie ist bei den Hühnern?«

»Genau.«

»Komisch.«

»Wieso?«, frage ich.

»Da ist sie nie.«

Hanna stapft davon, und ich schließe die Tür wieder. Dahinter steht Maggi, an die Wand gedrückt. Sie wischt sich über die Stirn. Schwitzen tut sie aber nicht.

»Bei den Hühnern? Tolle Idee!«, sagt Maggi.

»Woher soll ich wissen …«

»Und meine Eltern sagen Margarete zu mir.«

»Hab ich gerade mitbekommen. Sorry.«

»Ist schon gut«, sagt sie und schaut sich kurz im Spiegel an.

»Du wirst nicht gefangen gehalten oder so?«, frage ich.

»Quatsch.«

»Also, du darfst dich frei bewegen und …«

Sie stellt sich auf die Zehenspitzen, gibt mir einen Kuss auf den Mund und verlässt das Bad.

Ich denke konkret an zwei Sachen. Erstens: Dreizehn Jahre ist irgendwie okay. Sie wird ja schließlich mal vierzehn, und ich bin auch noch nicht so wahnsinnig lange fünfzehn. Und zweitens: Wenn das ihre Eltern erfahren, machen sie Hühnerfutter aus mir.

Bevor ich die erste Stufe nach unten nehme, höre ich die Zwillinge wieder kichern. Also, das dürfen sie offenbar von morgens bis abends. Kichern bis zum Umfallen. Und mir wird ganz anders, irgendwie komisch. Weil, ich könnte gar nicht sagen, wer von beiden Martha und wer Maggi ist. Also, nur theoretisch gedacht: Woher weiß ich, dass das eben wirklich Maggi war?

13

Unten vor der Küche steht Heinrich. »Willst du mit uns spielen?«

Er fragt es genauso begeistert wie vorher. Die bekommen nicht oft Besuch. Dass ich seine Klamotten trage, ist Heinrich vollkommen egal.

»Klar.« Ich folge ihm aus dem Haus. »Was *spielt* ihr denn so?«

Ich betone das *spielt* überdeutlich. FIFA oder GTA zocken die bestimmt nicht. Die haben garantiert keine Playstation, keine Xbox, keinen Rechner, nichts! Einfach nur nichts. Die Waldis haben nicht mal WLAN.

Bevor Heinrich antwortet, stehen wir auch schon vor dem kleinen Kurt am Stall. Und dann glotze ich echt.

Kurt hat einen fetten Bogen in der Hand. Das Teil reicht ihm von den Knien bis weit über den Kopf hinaus. An seinem Gürtel hängt ein Köcher, und der ist vollgestopft mit Pfeilen. Echte Pfeile! Kein Billigscheiß vom Jahrmarkt.

»Carbon?«, frage ich und streiche über einen Pfeil. Ich denke an mein Carbon-Modellauto im Keller.

»Kennst dich gut aus. Schießt du auch zu Hause?«, fragt Kurt.

»Klar«, sage ich.

»Und mit was?«

»Zuletzt mit dem Infrarot-Sturmgewehr.«

Ist fies von mir. Woher sollen die Waldis sich mit Fortnite auskennen.

Kurt findet es aber nicht fies, er lächelt und drückt mir den Bogen in die Hand. »Na, dann bist du ja ein Scharfschütze.«

Und bevor ich was dazu sagen kann, sagt er noch etwas, mehr zu sich selbst als zu mir: »Also, ich finde Fortnite scheiße.«

»Bist du Rechtshänder?«, fragt Heinrich.

Ich nicke.

Er reicht mir ein schwarzes Stück Leder.

»Das muss an deinen linken Arm.«

»Wieso?«

Er zeigt mir seinen linken Arm. Der ist voll mit Striemen. »Manchmal schieße ich ohne Schutz.«

»Krass, das ist alles von den Pfeilen?«

Er antwortet nicht, logisch, weil, von was sonst.

Mein erster Schuss geht mächtig daneben. Der Pfeil schwirrt ins Gebüsch, mindestens ein Lichtjahr von der Zielscheibe entfernt.

»Also, den suchst du nachher aber selbst«, sagt Heinrich.

Der kleine Kurt klopft mir auf die Schulter. »Ich zeig dir, wie's geht.«

Er stellt sich neben mich und nimmt den Bogen. »Schau mal … so die Füße … dann da eher so rechter Winkel … den anderen Arm ausstrecken. Den hier zwischen Zeigefinger und Mittelfinger … jetzt die Finger bis zum Mund ziehen, und Spannung … die Spannung halten uuuuuuuuuund weg!«

Der Pfeil saust davon und rammt in die goldene Mitte. Volltreffer.

»Krass. Und wie zielst du?«, frage ich.

Laserzielerfassung oder gerade gibt es ja nicht bei dem Bogen.

»Mein Körper ist mein Visier«, sagt Kurt.

»Ist ja nicht gerade der tolle Tipp.«

»Ist sowieso alles reine Kopfsache«, sagt er, und es klingt wie bei einem Lehrvideo auf YouTube. Er reicht mir den Bogen. »Erst einschießen.«

Und ich schieße mich ein. Nach zwanzig, dreißig Pfeilen hab ich es raus. Zumindest treffe ich schon die Nähe der Zielscheibe, und die Dinger landen nicht mehr in fernen Galaxien.

»Und worauf schießt ihr sonst so?«, frage ich.

Kurt schaut Heinrich an. Der schaut Kurt an.

Ich lasse einen Pfeil sausen, und der steckt eine Sekunde später sogar in der Zielscheibe, wenn auch ganz links außen. »Also, ihr geht ja nicht auf Menschenjagd. Schon klar.«

»Einen töten kann man damit schon«, sagt Heinrich.

Einen Moment sagt keiner was. Irgendwie geht es jetzt um mehr. Und die Frage ist, ob sie mir vertrauen oder nicht. Die werden ja nicht von morgens bis abends nur auf die Zielscheibe ballern. Im Wald ist doch mehr los.

Heinrich bricht das Schweigen. »Wir haben Hasen geschossen.«

»Und einen Waldkauz«, sagt Kurt.

»Das war kein Waldkauz, sondern eine Waldohreule. Und das warst du, und das war doof.«

Kurt schaut beleidigt seinen großen Bruder an. »Das war ein Waldkauz!«

»Waldohreule«, protestiert Heinrich.

»Waldkauz!«

Ich spanne den Bogen. »Was ist denn der Unterschied zwischen Ohreule und Kauz?«

Die Jungs schweigen, und ich entspanne den Bogen wieder. Sie gucken mich an, als ob ich wissen will, ob ihre zwei Schwestern Zwillinge oder Drillinge sind.

»Egal«, sagt Heinrich.

Und dann fängt Kurt wieder an. »Papa hat auch schon Rehe …«

Heinrich rammt seinem kleinen Bruder den Ellenbogen in die Seite. Der jammert und schweigt.

Ist mir doch egal, was die hier draußen jagen, bin ja kein Förster. Nur Kurt tut mir leid.

»Rehe? Also Rehhasen meinst du?«, sage ich.

Kurt blickt mich unsicher an und schielt zu Heinrich. »Äh … ja. Genau. Rehhasen.«

Heinrich grinst, dann lacht Kurt. »Rehhasen und Wildschweinhasen«, jault er und kann nicht mehr aufhören.

Sogar Heinrich muss lachen, und jetzt bin auch ich fällig. Und irgendwie ist dann wohl klar, worauf das hinausläuft: Die zwei Waldis könnten so was wie Freunde werden, zumindest Sommerfreunde.

Und ich könnte mit den beiden mal was jagen im Wald. Oder mit Achim. Ich meine, das macht definitiv keiner in meiner Klasse! Das kann Noah weder auf dem Kreuzfahrtschiff machen noch Diesel-Nora auf Malle. Das kann nur ich.

»JURI!«, ruft mein Vater.

Die ersten drei Mal tue ich so, als würde ich nichts hören. Beim vierten Mal steht er einen Meter hinter mir, und da fällt mir der Pfeil aus der Hand.

»Hörst du mich nicht?«

»Nee, weil das ist alles reine Kopfsache«, sage ich, hebe den Pfeil auf, spanne den Bogen und gucke nur kurz, ob mein Vater auch wirklich zuschaut.

Mein Körper ist mein Visier.

Ich lasse los. Das Carbongeschoss saust davon, jagt über den Waldboden dem Ziel entgegen und knallt drei Meter daneben in einen Baumstamm. Der Pfeil steckt verdammt hoch in der schuppigen Rinde.

»Die Fichte kann das ab«, sagt Kurt.

»Den Pfeil holst du aber selbst wieder«, sagt Heinrich.

»Du kannst ja noch üben in den Ferien. Jetzt will ich los«, sagt mein Vater.

Und ich halte einfach mal die Klappe, klatsche die Waldis ab und gehe zu Papas Allrad-Škoda.

»Tschüss, ihr beiden!«, ruft Achim zu uns herüber.

Er kniet in seiner Garage vor der Motorhaube des Pick-ups. Ich erkenne das VW-Zeichen, aber mehr nicht. Sieht aus wie ein VW Amarok, nur irgendwie mit viel weniger dran. Außer Rost vielleicht. Ich gehe in die Garage und umkreise die olivgrüne Kiste.

Hinten auf der Klappe der Ladefläche steht FREI

WILD. Aus dem W wächst ein Geweih. Ich muss an die Rehhasen und Wildschweinhasen denken.

Ich bleibe vor Achim stehen. »Was ist das für ein Modell?«

»VW Taro«, sagt er. »War vor deiner Zeit. Hab ihn selbst erst mit 350 000 Kilometern gekauft.«

Achim schraubt das alte Kennzeichen vom Maultaschen-Karl fest, Deutsches Reich und so. Und das passt dann doch schon wieder, uraltes Kennzeichen und uralte Flagge zu uraltem Auto.

»Ist das für ein Oldtimer-Treffen?«, frage ich.

Achim lacht.

Papa kommt zu uns, und Achim wird wieder ernst. »Schneider tritt morgen früh um elf auf. Sei so um neun Uhr da. Die Fahrt dauert.«

»Gut.« Mein Vater nickt mir zu. »Willst du morgen den Tag hier verbringen?«

»Vielleicht. Achim, nimmst du mich auch mal mit zur Jagd?«

Achim hört auf zu schrauben. »Kurt hat gepetzt. Stimmt's?«

»Nee … ich dachte nur, weil …«

»Passt schon.« Achim steht auf, geht zum Haus und winkt mich hinter sich her.

Wir gehen die Treppe hoch ins Schlafzimmer. Schlicht sieht es aus. Ein spiegelloser Holzschrank, ein Doppelbett und das war's. Nicht mal Nachttische.

Achim öffnet den Schrank und zieht die Kleiderbügel auf die Seite. Ein weiterer Schrank ist zu sehen, aber aus Metall, mit einem Vorhängeschloss. Achim holt einen

Schlüsselbund aus der Hosentasche und schließt es auf.

»Krass«, sage ich. Und weil das nicht so super qualifiziert klingt, sage ich noch: »Was ist das für ein Teil?«

»Ein 98er, von Mauser, ist aber modernisiert.«

»Modernisiert?«

»Da ist ein anderer Schaft dran, neuer Abzug, neuer Lauf, alles.«

Achim holt das Gewehr aus dem Schrank. »Willste mal?«

»Darf ich echt?«

»Bist du ein Mann oder nicht?«

Ich lege das Vorhängeschloss auf das Bett und nehme die Waffe entgegen.

Mann, ist das Ding schwer.

»JURI!«, ruft Papa von draußen.

Ich schaue Achim an. »Gehen wir mal jagen?«

»Machen wir.«

»JURI!«

»Wie weit kann man damit schießen?«, frage ich.

»Treffsicher bis 150 Meter mit dem Zielfernrohr hier.«

»Echt?«

Papa sitzt unten auf der Motorhaube. »Willst du jetzt morgen hier sein oder nicht?«

»Klar«, sage ich ohne viel zu überlegen. Ich könnte an Kurt und Heinrich denken oder an das Bogenschießen oder die anstehende Jagd oder an Hannas Kräutersoße mit Nudeln. Aber ich denke an was ganz anderes. Ich denke an Maggi und den Kuss.

»Also los!«, sagt Papa und stößt sich von der Motorhaube ab. Ich laufe zum Beifahrersitz.

»Falsche Seite«, sagt Papa und wirft mir den Schlüssel zu. Und weil ich ernsthaft überlege, wie ich morgen die Zwillinge Martha und Maggi voneinander unterscheiden soll, landet der Schlüssel im Matsch.

14

Der Motor brummt im fünften Gang vor sich hin, zweiter Gang wäre besser, egal, ich hab mich verschaltet. Aber zu viel kuppeln ist riskant, und absaufen tut er bestimmt nicht. Darauf kommt es an. Wir knirschen mit dem Škoda über den Kieselweg am Seeschild vorbei. Die Traktoren auf dem Feld sind weg.

Ich lehne den Ellbogen raus und merke erst mal, wie heiß es ist. Im Wald bekommt man das ja nicht so richtig mit. Die warme Luft zieht durch meine Finger. Keine Wolken am blauen Himmel, direkter Blick ins All.

Das Auto rattert, und ich muss mehr Gas geben.

»Nicht so schnell. Pass auf, da vorne«, sagt mein Vater.

Fahrräder kommen uns entgegen, mindestens zehn. So langsam kann ich die Gesichter erkennen. Alle so etwa in meinem Alter. Die Jungs in bunten Shorts und die Mädchen in kurzen Röcken oder Jeans.

»Die fahren zum See«, sagt mein Vater.

Und dann erkenne ich das Busmädchen. Es fährt ganz vorne. Zerrissene Jeans, Jägermeister Basecap, schwarzes Shirt, alles wie im Bus. Das war vor ein paar Tagen, kommt mir vor wie Jahre.

Von Aschenbecher keine Spur. Der poliert sicher seinen Wagen.

Das Busmädchen! Es ist unser Schicksal. Wir beide auf dem gleichen Feldweg, zur gleichen Zeit. Obwohl, es ist vielleicht auch nicht der riesige Zufall jetzt. Im

Dorf werden keine zwei Millionen Leute in meinem Alter leben. Und wohin soll man bei dem Wetter sonst abends als zum See?

Ich rutsche auf dem Fahrersitz etwas nach vorn und mache mich groß. Hauptsache, sie erkennt mich gleich. Von wegen, nur Aschenbecher kann Auto fahren. *Ich* lenke die Kiste!

Die Leute radeln dicht hintereinander auf mich zu, sie ist immer noch ganz vorne. Perfekt! Sie hat freie Sicht auf Juri, den SUV-Fahrer.

Ich richte mich weiter auf und verlangsame, damit sie genug Zeit hat, mich hinter der Scheibe zu entdecken. Ich will das Licht aufblenden, stattdessen wischt der Scheibenwischer los, als wäre die Regenzeit ausgebrochen. Mein Vater schaltet ihn aus.

Ein paar Meter vor der Motorhaube fängt sie an zu lächeln. Natürlich weil sie mich erkannt hat. Wieso wohl sonst? Sie lächelt ja nicht jeden Fahrer an. Und Aschenbecher fährt sicher keinen Škoda SUV, sondern eher einen Fiat Punto.

Sie saust am offenen Fenster vorbei. Ich strecke meinen Daumen nach oben und rufe »HEY!«.

Sie ruft auch was.

»SWEIDAAARAAAANG!«, oder so.

Was heißt das?

Weiter ran?

Aber wo ran?

Versteht man doch bei dem Motorbrummen nicht. Erst, als ich sie im Rückspiegel sehe, baut mein Gehirn aus den zwei Worten das, was es wohl war.

SWEIDAAAARAAAANG! heißt ZWEITER GANG!

Können hier alle Auto fahren, oder was?

Der Motor stottert herum, ich rutsche vom Gaspedal. Wir kommen ruckelnd zum Stehen.

»Das muss man mit dem Auto erst mal schaffen«, sagt mein Vater und macht eine Pause. »Zweiter Gang wäre besser gewesen.«

Ich schaue in den Rückspiegel, das Busmädchen winkt mir aus der Ferne zu. Ich könnte schwören, sie hat dabei einen Daumen hochgestreckt.

Als der Feldweg auf dem Parkplatz endet, tauschen wir die Plätze. Mein Vater schiebt den Fahrersitz zurück, stellt das Lenkrad höher. »Du kennst Jessy?«

»Jessy?«

»Na, die auf dem Fahrrad eben. Die wohnt mit ihrer Mutter nicht weit von mir.«

»Jessy also, wow. Echt?«

»Ja. Hab ich doch gesagt gerade. Und woher kennst du sie?«, fragt Papa.

»Die saß im Bus, als ich hierhergefahren bin.«

Und mehr sage ich nicht. Nicht ohne meinen Anwalt. Über Mädchen rede ich bestimmt nicht mit meinem Vater. Und sowieso muss er erst mal ein paar Fragen beantworten.

Wir fahren in seine Einfahrt und halten vor der Garage. Und dann lege ich los mit meiner Liste. »Was ist das morgen mit Achim und dem Kennzeichen? Und wer ist eigentlich Schneider?«

15

Mein Vater antwortet nicht, sondern fährt das Auto in die Garage. Drinnen steige ich aus und will zur Haustür. Da stellt sich Papa mir in den Weg. Er schließt das Tor vor uns wieder zu und knipst das Licht an. Wir passen gerade so zwischen Dunlop-Winterreifen und Škoda-Blech. Die Neonröhre über uns flackert.

»Gib dein Handy«, sagt er.

»Wieso?«

Er hält mir nur seine Hand hin. Ich verstehe nicht, was das soll. Aber wenn ich es wissen will, muss ich mitspielen. »Bitte schön.«

Er schaltet mein Handy aus, legt es auf den Hintersitz und knallt die Autotür zu.

»Was wird das?«, frage ich.

»Jetzt erzähle ich dir mal was.«

Ich lehne mich ans Auto, das Metall ist warm von der Sonne. Und irgendwie wäre ich lieber am See als in der stickigen Garage. So langsam hab ich das Gefühl, ich muss gar nicht alles wissen.

»Achim und ich besuchen morgen eine Veranstaltung, die machen dort Aufklärungsarbeit«, sagt mein Vater.

Draußen bellt ein Hund, hier drinnen ist es total still. Papa sagt nichts mehr.

»Aufklärungsarbeit«, wiederhole ich. »Was ist das so?«

»Schneider war früher Polizist, ranghoch. Sie haben ihn entlassen. Weil er über Dinge spricht, die bei uns falsch laufen.«

»Bei uns?«

»Im Land. Da stimmt vieles nicht.«

»Deswegen haben sie ihn entlassen?«

»Ja. Du weißt ja gar nicht, was alles passiert. Kannst du auch nicht. Du musst noch viel lernen und lesen. Ich hab mich jahrelang der Wahrheit angenähert. Das braucht Zeit.« Papa klopft auf das Autodach. »Deine Mutter erzählt dir ja nichts von all dem …«

Er macht eine Pause, schüttelt den Kopf und schweigt.

Ist besser so. Ich hasse es, wenn meine Mutter über ihn herzieht. Und ich würde es hassen, wenn er über sie lästern würde. Weil, hassen dürfen sie sich natürlich. Aber das sollen sie unter sich ausmachen. Ich bin nur der Sohn. Und das reicht mir vollkommen.

»Und was hat Schneider mit den alten Kennzeichen zu tun?«, frage ich.

Mein Vater streicht über das Profil der Dunlop-Reifen an der Wand. Es sieht so aus, als wollte er ausrechnen, wie viele Winter die Dinger überstehen werden.

»Papa?«

Endlich schaut er mich wieder an. »Wir sprechen morgen weiter.«

Dann öffnet er die Garage und geht. »Schritt für Schritt zur Wahrheit!«, ruft er mir zu und verschwindet im Haus.

Was für ein Spinner.

Der hat vielleicht Geheimnisse. Oder er ist einfach

nur ein Wichtigtuer. Oder ein geheimnisvoller Wichtigtuer. Alles egal. Für heute Abend habe ich sowieso schon einen Plan.

Den Feldweg erreiche ich in fünf Minuten zu Fuß. Die Fahrräder sind natürlich längst im Wald verschwunden. Am Horizont sind die Bäume eine fette, grüne Linie. Ich schätze, zwanzig Minuten oder so, wenn ich mich beeile. Also laufe ich los, bis mir der Schweiß von der Stirn läuft. Ich bleibe stehen und schaue über das hügelige Feld. Goldgelbe Heuballen liegen überall verteilt.

Weit hinter mir hupt jemand, und ich drehe mich um. Papa? Aber da fährt kein fetter Škoda auf mich zu, sondern eher das Gegenteil: ein neongelber Trabi mit roten Streifen.

Ein Trabi mitten im Schwarzwald. Echt?

Wieder ein Hupen, und ich gehe auf die Seite. Beim dritten Hupen kommt die Kiste neben mir zum Stehen. Die Beifahrertür springt auf. Eine riesige Hand winkt mich rein. Eine Entführung läuft anders, glaube ich. Trotzdem gucke ich erst mal ins Auto.

Aschenbecher grinst. Der trägt eine Spange, sehe ich jetzt erst.

»Du fährst Trabi?«, frage ich.

»Quatsch. Hör auf!« Er klingt echt empört. »Das ist ein Wartburg! Komm endlich rein!«

Ich drücke mich auf den engen Beifahrersitz. »Was ist der Unterschied?«

»Kennst du den Unterschied zwischen einem Golf und einem dicken Mercedes?«

Ich nicke und kapiere es nicht so ganz. Weil, wenn man in einem dicken Mercedes sitzt, fühlt es sich doch auch nicht so an wie im Golf. Oder? Obwohl, ich hab noch nie in einem Mercedes gesessen, und in einem Trabi oder Wartburg auch nicht.

Wir rattern los, und Aschenbecher klärt mich auf. »Der hier hat über 50 PS, ein Trabi die Hälfte.«

Er klopft aufs Lenkrad. »Bei dem ist fast alles aus Blech, beim Trabi aus Duroplast.«

»Duroplast?«

»Spezialplastik«

»Trabis sind aus Plastik?«

»Genau.«

Ich klopfe auf das Armaturenbrett. »Der Trabi kühlt mit Luft und der hier mit Flüssigkeit.« Ich muss zugeben, es war geraten. Aber bei der Motorenleistung ist doch klar, worauf es hinausläuft.

Aschenbecher pfeift durch die Zähne. »Kennst dich aus!«

»Woher hast du die Kiste?«, frage ich.

»Gehört eigentlich meinem Vater. Ein Andenken. Er lebt in McPomm, meine Mutter ist mit uns hierhergezogen.«

»McPomm?«

»Mecklenburg-Vorpommern.«

Wir fahren in den Wald und biegen zum See ab. Aschenbecher weiß natürlich, wohin ich will. War ja auch seine Idee gewesen. Von wegen, ich bin am See immer willkommen und so. Obwohl ich nicht mal ein Badetuch dabeihabe.

Das Wasser funkelt zwischen den Bäumen durch. Der Kieselweg endet bei einem kleinen Parkplatz. Aschenbecher hält neben den Fahrrädern. Sie lehnen an einem entwurzelten Stamm, der im Moos liegt.

Ich will aussteigen, da spüre ich Aschenbechers Hand. Er umschließt mit den Fingern fast meinen Oberarm. Sind seine Finger so lang, oder hab ich so einen Zwergen-Bizeps?

»Du stehst auf Jessy. Stimmt's?«

»Auf Jessy?«, frage ich. So doof nachfragen ist die beste Verteidigung. Und spontan lügen fällt mir gerade verdammt schwer.

Er löst den Griff und hält den Kopf schräg. »Vergiss es einfach! Jessy und ich sind seit vier Monaten zusammen.«

Er sagt *vier Monate* so, als hätten die beiden gerade goldene Hochzeit gefeiert. Aber klar, vier Monate, Respekt!

Diesel-Nora hat mich nach zwei Monaten abserviert. Und vor Diesel-Nora gab es keine, also nichts Festes oder so. Nur mal rumknutschen. Das war in der achten Klasse mit Aischa, und die ist heute mit Moritz zusammen.

»Kapiert?«, fragt Aschenbecher.

Und endlich fällt mir eine Antwort ein. »Ich und Jessy? Bestimmt nicht! Ich hab nicht mal einen Führerschein.«

Aschenbecher nickt in Zeitlupe. Mit dem Argument kann er was anfangen.

Er beugt sich zum Rücksitz. Und dann drückt er mir ein Badetuch in die Hand.

16

Am Ufer ist niemand. Der Waldsee ist nicht so riesig, eher wie ein Fußballplatz. Und zwar Kleinfeld, nicht Großfeld. Aber für so ein Dorf ist so ein kleiner See vollkommen in Ordnung.

Aschenbecher zieht sich bis auf die Shorts aus. »Die sind alle auf der Insel.«

Die Insel liegt näher an der anderen Seite und ist nicht größer als der Strafraum. Alle möglichen Pflanzen und zwei Bäume wuchern sie zu. Durch die Sträucher sehe ich die anderen. Da ist Jessy! Und sie winkt mir zu. Oder ist das für Aschenbecher? Oder für uns beide?

Dann stehe ich auch in Shorts da, halte den Fuß ins Wasser und beschließe erst mal, am Ufer zu chillen. Der Waldsee ist saukalt. Ich breite das Badetuch vor mir aus.

»Wer zuerst dort ist?«, fragt Aschenbecher.

Spinnen hier alle?

Aschenbecher macht den Countdown.

»Fünf!«

Ich denke an das Eiswasser.

»Vier!«

An amputierte Zehen.

»Drei!«

An einen Herzinfarkt.

»Zwei!«

Und ich sehe Aschenbechers Jessy auf der Insel.

»Eins!«

Und die anderen Mädchen dort.

»*Los!*«

Ich springe ins Wasser. Mit einem Köpfer. Wenn schon, denn schon!

Aschenbecher hat zwar den Führerschein, aber ich das Schwimmabzeichen in Gold.

Ich kraule mich durch das arktische Gewässer, es schmeckt nach Algen und Wald. Bis zur Insel sind es nur noch ein paar Meter, und endlich komme ich an, ohne Pause, ohne mich einmal nach Aschenbecher umzusehen.

Geschafft!

Die anderen erwarten mich am Inselrand. Ich haue die Hand auf einen warmen Stein am Ufer und rufe »Erster!«. Dann hole ich tief Luft. Kalt ist mir nicht mehr.

Ein paar Leute klatschen, andere jaulen, und durch die nassen, zugeklebten Augen erkenne ich Jessy. Ich kann gar nicht mehr wegsehen. Sie hat das schwarze Shirt am Bauch hochgekrempelt, und auch da sind überall diese Hammersommersprossen. Aber dann entdecke ich neben ihr ein anderes, sehr bekanntes Gesicht.

»Glückwunsch«, sagt Aschenbecher.

Er steht trocken vor mir und zieht mich mit einem anderen Typen aus dem Wasser.

Alle lachen.

»Mutprobe bestanden«, sagt Aschenbecher. Er zeigt mir die Rückseite der Insel, wie niedrig das Wasser dort ist. Wie man über die großen Steine hüpfend trocken zur Insel kommt.

Jessy stellt mir die Inselbewohner vor. »Mika, Anna, Hatim, Jan, Sara, Lea, Jule, Mehmet, und den kennst du ja schon.« Sie presst den Zeigefinger in Aschenbechers Bauchnabel, als würde sie eine Zigarette ausdrücken.

Ich nicke, den kenne ich inzwischen wirklich gut genug. »Aschenbecher«, sage ich.

Alle glotzen mich an, und ich kapiere nicht, wie ich so doof sein kann. *Aschenbecher.* Vielleicht die Kälte oder Jessy oder die vielen Leute oder der Wald oder der Trabi, ich meine der Wartburg, oder was ganz anderes.

Erst mal schweigen alle.

Aber Aschenbecher grinst, und das ist ein gutes Zeichen.

»Transformers«, sagt eine, ich glaube, es ist Lea, so viele Namen kann sich ja kein Mensch merken.

»Transformers?«, frage ich.

»Besser als Aschenbecher«, sagt Aschenbecher.

»Weil er quasi mit seinem Auto verwachsen ist«, erklärt Jessy. Und das leuchtet mir ein.

Die Sonne ist hinter den Baumwipfeln fast verschwunden. Dunkelorange leuchtet der See. »Mega hier, oder?«, fragt Mehmet.

»Sieht aus wie nach einem Fabrikunfall«, sagt Mika. »Fehlen nur die toten Fische, die überall rumtreiben.«

»Halt's Maul«, sagt Mehmet. »Was hast du gezockt?«

»Far Cry natürlich«, antworte ich für Mika.

Der grinst. »Endlich mal ein Experte.«

»Von wegen!«, sagt Mehmet, »in Far Cry haben sie Drogen ins Wasser gekippt, das war kein Unfall! Und tote Fische und so gab es da auch nicht.«

Mika winkt ab. »Woher willst du das wissen, das Spiel ist ab achtzehn!«

»Wie alt bist du?«, frage ich.

»Im Kopf ist er drei«, antwortet Mehmet für ihn.

Also sicher ist, mit den Leuten wird einem nicht langweilig.

Aschenbecher holt meine Kleider vom anderen Ufer. Sieht aus wie eine Entschuldigung wegen dem Wettschwimmen, das keines war.

Wir bleiben alle auf der Insel. Aschenbecher lässt Capital Bra laufen. Und sein Kollege Summer Cem rappt für uns auf der Waldseeinsel. *In der Präsi-Suite oder wieder auf Zelle pennen. Das ist kein frischer Wind, das ist ein Hurrikan.*

Gangsta Rap im Gangsta Black Forest. Schon klar.

Hatim kontert mit Ed Sheeran und Justin Bieber. *When I'm with my baby, yeah* und *Ooh, ooh, ooh, ooh, ooh, ooh.*

»Macht doch mal den ganzen Scheiß aus!«, schreit Jessy.

Und dann ist tatsächlich Ruhe.

Die Frau genießt hier Autorität.

Fast so wie Ranzke. Aber der ist weit weg.

Wir hören jetzt nur noch Wald im Originalton, Dolby Surround, mindestens.

Vögel und so.

Vielleicht sogar Waldohreulen und Waldkäuze.

Einer hat Chipstüten dabei, und die sind schnell leer. Die Colaflaschen auch. Sogar Aschenbechers Zigarettenschachtel. Lea holt eine Weinflasche aus ihrem Rucksack.

Wir sitzen im Kreis, Aschenbecher ist links von mir,

Jule rechts. Aschenbecher quatscht mit Jessy, und so muss ich mich auf Jule konzentrieren. Da fällt mir endlich auf: Jule sieht irgendwie aus wie Jessy. Und ich rede mir das jetzt nicht nur schön oder so.

Hammersommersprossen, schwarze Locken, das Gesicht irgendwie auch, die Figur, sogar der Style, also Jeans, Basecap, Shirt. Nur ist Jule älter als Jessy. Und weil mein Gehirn offenbar vom Eiswasser eingefroren ist, muss Jule mir es selbst erklären: »Jessy ist meine kleine Schwester.«

»Kleine Schwester? Wie alt bist du?«

»Siebzehn.«

Die Weinflasche kommt bei Jule an, sie nimmt einen Schluck. Ich gebe sie direkt weiter an Aschenbecher. Mums Hauke geht mir nicht aus dem Kopf. Obwohl der mehr auf Bier abfährt, spielt aber keine Rolle für mich. Wein trinkt der auch. Schnaps auch. Alles außer Champagner. Das hat aber eher finanzielle als geschmackliche Gründe.

Aschenbecher schüttelt den Kopf und reicht die Flasche Jessy weiter, die will auch nicht. Trotzdem ist nach zwei Runden die Flasche leer.

»Hast du auch Geschwister?«, fragt Jule.

»Meinen Eltern hat ein Kind gereicht«, sage ich.

Dann rechne ich mal alles durch. Wenn ich für Jule eher so der kleine Bruder bin, sitze ich am falschen Platz. Irgendwie ist es verhext in dem Wald. Achims Zwillinge sind zu jung für mich. Jule ist zu alt für mich. Und Jessy ist perfekt für mich. Aber sie liebt Aschenbecher, den alle Transformers nennen.

Inzwischen ist es dunkel und der Kreis längst kein Kreis mehr, eher so ein kaputtes Quadrat. Anna, Hatim, Sara und Lea schauen sich Filme an und posten Sachen. Jessy knutscht mit Aschenbecher herum. Mika und Mehmet haben sich verabschiedet. Jan lässt flache Steine über das schwarze Wasser springen.

Und während ich so schaue und überlege, da spüre ich Jules Finger unter meinem Shirt. Sie streichelt sich meine Wirbelsäule entlang zum Nacken und wieder zurück. Ich bekomme Gänsehaut.

Jule macht es genauso, wie es mir Diesel-Nora gezeigt hat. Also mit den Fingerspitzen.

Nicht so!, hat Nora im Kino gesagt (Avengers irgendwas) und dabei mit der flachen Hand über meine Schulter gewischt, als wäre ich eine schmutzige Fensterscheibe. *Nicht so!*

Sie hatte recht, so fühlte es sich extrem bescheuert an.

»Sondern so!«, flüsterte Nora. Ich spürte nur ihre Fingerspitzen, und es kribbelte überall.

Danach habe ich es auch so gemacht bei Nora.

Und so muss es auch Jule von irgendjemandem gelernt haben.

Ich drehe mich zu ihr, wir schauen uns an. Extrem lang. Klar ist, ich müsste mal was starten. Aber erstens wie und zweitens was? Ihre Schwester und die anderen Leute sind dabei. Okay, für uns interessiert sich sowieso gerade keiner sonderlich. Also sind wir mal ehrlich: Ich traue mich einfach nicht.

Und dann fliegt etwas über Jule und mich hinweg. Etwas verdammt Schnelles.

Jan sieht es auch und springt zum Baumstamm neben uns. »Hey! Schaut mal!«

Wir gucken alle.

In der Hand hält Jan einen Pfeil.

Aus Carbon, vermute ich.

17

Die Inselparty ist vorbei. Aschenbecher ruft zum Rückzug.

»Ist eh spät«, sagt er.

Klar, der will auch nicht aufgespießt werden wie ein Rehhase.

Ich hab da keine Angst. Ich kenne ja Kurt und Heinrich. Wenn die wollen, treffen die auch. Und der Pfeil ging mindestens zwei Meter daneben. Extra natürlich. Ist wohl eher ein Protest oder so. Nach dem Motto: Der Waldsee gehört den Waldis!

Oder die beiden sind einfach nur schlecht drauf, weil sie hier nicht dazugehören. Wieso eigentlich nicht? Von mir aus könnten die dabei sein.

Oder Heinrich ist verknallt in Anna oder in Sara oder in Lea oder in Jessy oder in Jule. Oder in einen der Jungs. Was weiß ich, was da läuft.

Jule legt neben mir das Badetuch zusammen. Sie nimmt den Pfeil und gibt ihn Aschenbecher. Der wirft ihn in den See. »Das waren die Nazis.«

»Das sind keine Nazis, sondern Prepper«, sagt Sara.

»Prepper?«, frage ich.

Sara klärt mich auf, und das macht sie nicht mit der Ranzke-Rhetorik, die so wie die Achim-Rhetorik ist. Also von wegen: *Du kennst Prepper nicht? Wirklich nicht? Prepper sind …*

Nee, Sara erklärt es, ohne einen runterzumachen.

Kurz und nett. So ganz ohne Klugscheißerei. Sie erklärt es eher wie Alexa (hat Mums Hauke gekauft).

»Prepper sind so etwas wie moderne Jäger und Sammler«, sagt Sara. »Die warten auf den großen Krieg, bunkern Vorräte, Medikamente und alles. Damit sie mit dem ganzen Zeug den Krieg überleben.«

»Dann sind es eben Nazi-Prepper«, sagt Aschenbecher.

»Die sehen nicht aus wie Nazis«, sagt Sara.

Jan presst sich Mittelfinger und Zeigefinger über die Oberlippe. »Jaaaa klaaaarrrr. Die laufen ja nicht alle so herrrrum.« Er marschiert auf und ab. Sara stellt ihm ein Bein, und er nimmt die Hand runter.

»Also, Kurt und Heinrich sehen echt nicht so aus wie Nazis«, sage ich.

Da schauen mich alle an. Okay, logisch, die wundern sich ja. Woher kenne ich die Namen?

Aschenbecher hält mich mit seinen Riesenfingern fest. »Du kennst schon Kurt und Heinrich? Bist noch nicht mal eine Woche hier.«

»Also …«, fange ich an.

Jule schlägt Aschenbechers Hand von meinem Arm weg. »Lass ihn in Ruhe!«

Aschenbecher zeigt auf mich. Sein Finger bohrt sich fast in mein Gesicht. Da ist nur ein Zentimeter Luft dazwischen. »Und dein Vater ist auch so einer! Der gehört zu denen. Spiel nicht den Doofen.«

Jule schiebt erst Aschenbechers Finger weg, dann schiebt sie sich zwischen uns. »Juri kann nichts für seinen Vater. Du weißt auch nicht, wie deiner in McPomm drauf ist!«

Aschenbecher macht einen Schritt zurück. »Aber Juri wohnt bei ihm.«

Jule geht den Schritt wieder auf ihn zu. »Juri hat ihn seit zehn Jahren nicht gesehen! Der kennt ihn gar nicht. Der besucht ihn nur. Das weißt du doch alles.«

»Aber jetzt kennt er ihn!«, sagt Aschenbecher.

»Und?«, fragt Jule. »Soll er deswegen im Wald schlafen?«

»Los Leute!«, ruft Jessy. Sie umarmt Aschenbecher und zieht ihn mit sich. »Keiner kann was für seine Eltern.«

Wir springen über die großen Steine von der Insel zum Festland. Handys leuchten uns den Weg. Und bis zu den Fahrrädern muss ich Jule alles erzählen. Obwohl, so viel Neues ist nicht dabei. Weil, das ist ja ein Dorf. Die kennen alle Achim und Hanna und die Zwillinge und Kurt und Heinrich. Und ist ja logisch, dass ich Jule jetzt nichts erzähle von Maggis Kuss (im Badezimmer, und ich so mit Heinrichs Hosen und Hemd).

Ich stelle mir vor, wie gerade irgendwo hinter einem Busch Karl und Heinrich sitzen und mir zuhören. Mit Bogen und einem Köcher voll Pfeilen. Also fasse ich mich echt kurz.

Dann fährt Aschenbecher mit dem Wartburg voraus und leuchtet mit dem Fernlicht. Haben Trabis auch Fernlichter, oder ist das wieder so ein Wartburgding?

Der Kieselweg strahlt wie Mondgestein. Schon klar, der Mond strahlt nicht, sondern die Sonne strahlt ihn an. Aber es sieht halt so aus.

Ich sitze auf Jules Gepäckträger, und auf dem Feldweg wechseln wir die Plätze. Ansonsten passiert nichts.

Der Abschied besteht aus einem Luftkuss. Ist okay, weil, alle anderen sind dabei. Und sowieso ist überhaupt nichts klar zwischen Jule und mir.

»Bis morgen«, sagt sie.

Und das finde ich schon super genug. *Bis morgen* klingt gut.

Dann fallen mir die Waldis ein. Morgen bin ich mit denen verabredet. Papa und Achim wollen zu diesem Schneider, zu seinem Vortrag. Aber bevor ich das Jule sagen kann, ist die Wartburg-Kolonne schon weitergezogen.

Bei meinem Vater brennt noch Licht im Flur. Ich klingle, und nichts passiert. Kurz muss ich an damals denken, als ich mit meiner Mutter vor dieser Tür gewartet habe. Zehn Jahre ist ewig lang her, und logisch erinnere ich mich an nichts so richtig.

Aber Mum hat mir die Szene immer wieder erzählt, wenn ich nach meinem Vater gefragt habe. Und irgendwann hab ich nicht mehr gefragt und sie nichts mehr erzählt. Aber das mit Papas Tür und uns beiden davor, das hab ich im Kopf abgespeichert.

Ich klingle noch mal. Nichts. Schläft der schon? Die letzten Tage war er immer länger wach als ich.

Ich springe über die Rosenhecke und gehe zur Rückseite des Hauses. Mein Vater sitzt auf der Terrasse neben dem Goldfischteich. Ein Frosch quakt und hört auf, als ich am Tisch ankomme.

Papa schaut in seinen Laptop und hat den Kopfhörer auf. Als er mich im Dunkeln sieht, erschrickt er nicht einmal. Er winkt mich zu sich und schreit so, wie Erwachsene reden, wenn sie Kopfhörer aufhaben. Die kapieren es einfach nicht. »IST GLEICH FERTIG!«

Ich winke ab. »Ich leg mich schlafen.«

»WAS?« Er hebt eine Ohrmuschel hoch.

Ich forme mit der Hand ein flaches Kissen und halte es unter meinen Kopf. »Ich gehe schlafen. Ich bin total müde.«

»Gut. Hab dir was auf die Couch gelegt.«

Wo ich war, ist ihm offenbar egal.

Auf der Couch im Arbeitszimmer liegt ein Buch. Ein Zettel liegt obendrauf. *Das Buch wird dir die Augen öffnen*, steht da mit Bleistift geschrieben. Darin stehen also Papas Wahrheiten, vermute ich.

Und bei dem Bleistift-Satz von meinem Vater hab ich einen Film im Kopf. Der Film ist ein paar Tage alt. Hauptbahnhof, die Anreise von zu Hause hierher, von der Stadt ins Dorf. Von Stuttgart in den Schwarzwald.

Vor den Rolltreppen am Bahnhof stehen zwei Leute von einer Sekte oder so, Mann und Frau. Die beiden strahlen mich überglücklich an. Der Mann streckt mir ein Tablet entgegen: Wasser rauscht einen Bach entlang, das Ufer ist überwuchert mit Grünzeug. Alles so schön wie im Auenland – nur ohne Hobbits.

Die Frau hält ein Heftchen hoch. Da steht was von Gott und dem einzig wahren Weg.

So was überzeugt mich nicht, echt nicht. So leicht ist es nämlich auch wieder nicht. Wenn die zwei Leute echt Gott gefunden haben, wieso stehen die vor der Rolltreppe rum? Weil sie helfen wollen? Aber wieso helfen die nicht den drei Obdachlosen, die neben der Rolltreppe auf dem Boden liegen? Ist nur so eine Frage.

Im Schlafsack auf der Couch liegend, schaue ich mir das Buch von Papa an. Sein Augenöffner. Von dem Autor habe ich nie etwas gehört, allerdings bin ich auch nicht die große Leseratte. *Enthüllungen* heißt das Buch. Wunderbar, denke ich. Wenn ich etwas brauche, dann das.

Ich schlage wahllos eine Seite auf und fange an zu lesen.

Viele tatsächliche Beweise führen zu dem eindeutigen Schluss: Die Mondlandung kann es nie gegeben haben. Jedoch steht die amerikanische Regierung in Kontakt mit Außerirdischen. Eine Vertreterin von den fernen Plejaden hatte unlängst Kontakt mit …

Ich schlage das Buch zu und starre auf Papas Klebezettel. *Das Buch wird dir die Augen öffnen.*

Ich muss an Aschenbecher denken. Seine Scheißwut auf mich. Von wegen Nazivater und so. Aber mal ehrlich, was hat diese Mondlüge mit den Nazis zu tun? Und glaubt Achim auch an diesen Mist?

Mein vorletzter Gedanke, bevor ich einschlafe, besteht aus zwei Wörtern: armer Papa.

Der letzte Gedanke ist immerhin ein ganzer Satz lang: Lieber Juri, willkommen in der Idiotensekte.

18

Manche Leute können luzid träumen. Luzid heißt helles Träumen oder so. Also, gemeint ist irgendwie bewusstes Träumen. Ich bin kein Psychologe, aber Diesel-Nora war voll die Traumexpertin. Sie hat mir ihr Traum-Tagebuch gezeigt, ihr Traum-Erklär-Buch und ihr Besser-Träumen-Buch.

Also, luzides Träumen ist wirklich krass. Und Diesel-Nora kann das. Hat sie jedenfalls gesagt. Wenn sie ganz fest an was denkt, träumt sie später davon. Und noch krasser: Sie kann die Träume *lenken*. Also, im Traum weiß sie, dass sie träumt, und kann das irgendwie beeinflussen. Das ist natürlich total verrückt.

Leider bekomme ich luzides Träumen überhaupt nicht auf die Reihe. Bei mir klappt es einfach nicht. Also, von wegen hell und so. Bei mir bleibt es dunkel. Deswegen träume ich jetzt auf der Couch in Papas Arbeitszimmer auch nicht das, was ich will.

Ich träume nicht von Jessy, auch nicht von ihrer Schwester Jule, auch nicht von Maggi, sondern vom Gegenteil, von Ranzke. Es ist der Mathetest. Der Klassiker auf meiner Traumliste. Superschwere Aufgaben und dieser Bleistift, der immer abbricht, und deswegen kann ich nichts außer ein paar Punkten und krummen Strichen abgeben.

Aber immerhin träume ich nicht von Nazis oder Preppern oder Außerirdischen. Das ist doch auch was.

Mein Schlafsack ist nassgeschwitzt, als ich aufwache. Mein Vater steht im Türrahmen. Er hat einen Aktenordner unter den Arm geklemmt. Er trägt ein kariertes Hemd, schwarze Hosen und schicke, schwarze Lederschuhe.

Er zeigt auf das Buch neben der Couch. Das Buch der absoluten Wahrheiten. Enthüllungen. »Hast du gestern was gelesen?«

Ich ziehe frische Kleider aus meinem Rucksack. »Eine Seite. Ich war ziemlich müde.«

»Und, wie findest du es?«

»Also …«, sage ich und überlege, wie ich den Mist zusammenfassen soll.

»Dein erster Eindruck«, sagt mein Vater. »Wie war es für dich?«

»Also …«

»Ja? Sei ehrlich!«

»Ich habe erstmal an zwei Leute von der Bahnhofssekte gedacht.«

»Welche Leute?«

»Die immer mit so Heftchen rumstehen.«

»Ach so.« Papa findet die Antwort offenbar nicht so optimal. Und da er nicht der große Redner ist, dreht er sich um und geht die Treppe runter. »In fünf Minuten müssen wir los.«

»Wollen wir noch frühstücken?«, rufe ich ihm hinterher. Weil, Hunger hab ich schon.

»Macht Hanna für uns.«

Damit kann ich leben.

Papa fährt bis zum Feldweg, dann wechseln wir wieder, und ich sitze am Steuer. Neben dem Stall des Gutshofs wartet schon Achim. Er wischt die Scheiben seines Pick-ups sauber. Die alten Nummernschilder glänzen bereits.

»Das klappt doch ganz gut mit dem Fahren!«, sagt Achim. »Du lernst schnell.«

Er winkt meinen Vater zu sich. »Unser Frühstück ist im Auto. Und Juri, Hanna macht gerade Eierpfannkuchen.«

Am Küchentisch sitzen Kurt und Heinrich, sie grinsen mich an. Ich grinse nicht zurück, so lustig fand ich das mit dem Pfeil am See gestern Nacht nämlich nicht.

Die Inselattacke hätte auch danebengehen können. Ich sehe mich mit dem Pfeil im Bauch in den kalten See fallen. Oder Jule oder einen der anderen. Es hätte alle erwischen können.

Der Pfeil muss jetzt kein Thema sein. Hanna ist schließlich da. Aber nachher, wenn wir draußen sind, ohne ihre Mum, wird es ein richtig großes Thema! Die können was erleben.

Hanna kommt zu mir und wuschelt sich durch mein Haar. »Magst du deinen Eierpfannkuchen mit Honig oder Käse oder Schinken?«

»Ganz egal.«

»Dann bekommst du einen mit Käse und Schinken und danach einen mit Honig.«

Das klingt gut.

»Heinrich, holst du bitte deine Schwestern?«

Heinrich stöhnt.

»Ich mache das!«, sage ich etwas zu schnell, bevor es sich Heinrich anders überlegt. »Also, ich stehe ja eh noch.«

»Allerdings«, sagt Heinrich und zwinkert mir zu.

»Wo sind sie?«, frage ich.

»Margarete war vorher irgendwo hinter dem Stall«, sagt Heinrich.

Ich renne los. Achim und Papa sind schon weg. Umso besser.

»MAAAAGIIII?«

Ich kann so laut rufen, wie ich will. Keine Antwort. Beim Stall ist sie nicht. Ich gehe um das Gebäude herum. Da steht sie, und von dort hätte sie mich eigentlich hören müssen. Aber sie ist beschäftigt.

Maggi hat den Bogen gespannt und schaut zu mir. Die Augenbrauen in Angriffsstellung, sie berühren sich fast.

Kein Kuss.

Kein Lächeln.

Kein Hallo.

Nichts.

Ohne etwas zu sagen, dreht Maggi den Kopf wieder zur Zielscheibe.

Drei Sekunden später saust der Pfeil über den Waldboden hinweg ins gelbe Feld.

Volltreffer.

19

»Volltreffer«, sage ich wie ein Vollidiot.

Maggi sagt nichts.

Ich gehe ein paar Schritte auf sie zu. »Du warst das gestern?«

Maggi rührt sich nicht.

»Du hättest uns verletzen können.«

»Können … genau«, sagt Maggi. »Und du *hast* mich verletzt.«

Der Satz trifft mich wie ein Carbonpfeil, und zwar mitten ins Herz. Aber erstens hat gestern auf der Insel Jule angefangen. Schon klar, ich wollte auch, dass sie anfängt, aber trotzdem.

Und zweitens hat Maggi im Badezimmer den Kuss gestartet, nicht ich (siehe Jule). Fand ich auch super, klar. So wie mit Jule eben.

Ich meine, bei mir in der Schule geht nichts, überhaupt nichts, minus unendlich. Da kann ich Diesel-Nora von der ersten bis zur letzten Stunde zutexten. Nichts passiert. Oder Yara von der Parallelklasse die super teuren Kinogutscheine schenken. Nichts passiert. Das Ergebnis von allem ist sozusagen das Gegenteil: Diesel-Nora reagiert wie ein Stein. Und Yara geht zwei Tage später mit den Gutscheinen ins Kino. Nicht mit mir, sondern mit Dilek. Und auch noch in den neuen Star Wars!

Was ich sagen will, hier im Dorf und bei den Waldis, da läuft alles total anders. Also, es läuft halt quasi von allein. Ich muss nichts machen! Das macht es aber auch nicht einfacher.

Und so der Held bin ich bei der ganzen Aktion ja auch nicht. Eher das Superarschloch. Weil, irgendwie müsste ich mich mal für ein Mädchen entscheiden.

Scheiße, ist Liebe kompliziert. Endlich legt Maggi den Bogen auf den Waldboden. Sie kommt ein paar Schritte auf mich zu. »Bist du in die Zecke verknallt?«

»Sie heißt Jule«, sage ich.

»Ist aber eine linke Zecke!«

»Na ja, also …«

»Bist du in sie verknallt?«

Was soll ich da sagen? Ich weiß es ja selbst nicht. Und bevor ich herumstottere, rettet mich ihr Bruder Kurt.

Er flitzt um die Ecke zu uns und zieht seine Schwester an der Hand. »Los jetzt. Frühstück! Die Eierpfannkuchen sind fertig!«

Wir sitzen alle am Tisch. Maggi trägt ein blaues Shirt und ihre Schwester ein rotes. Wenn das den ganzen Tag über so bleibt, bin ich gerettet. Ich kann die Zwillinge voneinander unterscheiden! Wobei, nach dem dritten Eierpfannkuchen hab ich es auch irgendwie raus. Also, ohne Shirts. Es sind nämlich die Augen.

Ich kann das nicht so super beschreiben, aber bei Maggi ist ein Auge ein bisschen größer als das andere. Das linke ist nicht ganz so weit offen wie das rechte. Minimal. Ist bei mir auch so, nur andersrum. Vielleicht fällt es mir deswegen auf.

»Soooooo«, sagt Hanna und strahlt uns an.

Alle Teller sind leer. Die Milchgläser auch. Sie bindet sich die Haare zu einem Zopf und steht auf. »Ich muss zu meinem Termin. Die Mädchen machen den Wochenputz, und ihr Jungs wisst ja, was Papa gesagt hat.«

Protestlos springen Maggi und Martha auf und räumen unsere Teller ab.

Ich folge Kurt und Heinrich. »Was hat denn Achim gesagt?«

»Holz«, sagen beide gleichzeitig.

Damit kann ich zwar nichts anfangen, aber egal. Alles ist besser als Wochenputz.

Ich gehe mit den Jungs zu einer Hütte zwischen Garage und Stall. Hanna fährt mit dem Rad an uns vorbei.

»Wohin muss sie?«, frage ich.

»Sie lässt sich heilen«, sagt Kurt. Und irgendwie klingt es komisch, so klein ist der ja auch nicht mehr. *Sich heilen lassen* …

»Arzttermin?«, frage ich.

»Nein«, sagt Kurt. »Termin bei einem Heiler.«

»Kein Arzt?«

»Ein Heiler«, sagt Kurt.

»Für einen Arzt ist sie zu krank«, sagt Heinrich.

Und irgendwie verstehe ich gar nichts mehr. »Zu krank für den Arzt, deswegen hilft ein Heiler?«

Heiler klingt eher so wie ein guter Zauberer für mich. Und außer Gandalf und Harry Potter kenne ich da keinen. Aber die Jungs wollen mir nicht mehr erklären.

Heinrich schließt die Hüttentür auf, und zwischen Besen, Spaten und Harke parkt ein grünes Fahrzeug. Sieht aus wie ein uralter Traktor, ist nur viel kleiner.

»Krasses Teil«, sage ich.

»Das ist ein Rapid«, sagt Kurt, und da er zwei Köpfe kleiner ist als ich, fühle ich mich gleich doppelt bescheuert.

»Ein was?«

»Ein Einachser«, sagt Heinrich. »Zwölf PS. Ist ein neuer Motor drin. Der alte hatte zehn.«

Heinrich hat riesig Freude daran, mich als Depp vorzuführen. Und weil es ihm so viel Freude macht, hört er nicht mehr auf damit. »Aus Österreich«, er tippt auf das silberne Schild auf der Motorhaube. »Motormäher AG. Gerade ist der Hänger dran. Aber der Rapid kann auch pflügen oder einen Baumstamm ziehen. Der kann alles.«

Heinrich setzt sich auf den breiten Sitz des Einachsers und grinst mich an. »In der Stadt habt ihr natürlich keine Ahnung von so Sachen, und es ist ja auch …«

»Mach mal Platz!«, sage ich.

Mit Pfeil und Bogen kenne ich mich nicht aus, okay. Aber diese Kiste hier ist eher so das Prinzip Rasenmäher. Wer mit kleinen Automotoren herumbastelt wie ich, kriegt das hin. Kann Heinrich nicht wissen. Der bleibt natürlich auf dem dicken Polster sitzen.

Ich finde die Benzinleitung vorne neben dem Motor und drehe sie auf. Dann ziehe ich kräftig am Anlasserseil auf der anderen Seite, dort ist auch der Choke. Der Rapid rattert los wie ein Helikopter, von wegen Motormäher AG!

Und jetzt räumt Heinrich endlich den Platz. Ohne etwas zu sagen. Ich mache es mir bequem, löse die

Handbremse. Der Rapid hat kein Lenkrad wie ein Traktor, sondern einen Lenker wie ein Motorrad. Also muss die Kupplung am Griff sein. Ist sie auch! Der Schalthebel ist riesig und genau vor mir. Ich schalte in den ersten Gang und suche einen Regler für das Gas. Gefunden. Der Rapid ruckelt an Heinrich und Kurt vorbei aus der Hütte. Ich liebe diesen Rapid!

Kurt wirft ein Seil auf den Hänger und setzt sich hinten rein. Heinrich bleibt mit verschränkten Armen stehen. Der ist erst mal beleidigt. Muss er nicht sein.

»Klauen wir endlich Holz?«, rufe ich.

Heinrich setzt sich zu Kurt auf den Hänger. »Uns gehört ein Stückchen Wald. Da vorne links abbiegen.«

Und dann rattern wir dorthin. Achim hat schon alles vorbereitet, also Bäume gefällt und zersägt. Wir laden den Hänger mit Holz voll und fahren zurück. Wir entladen ihn neben dem Stall. Größere Stämme ziehen wir mit dem Rapid hinter uns her, und das fordert uns am meisten heraus. Immer wieder drehen die zwei Trakträder im feuchten Waldboden durch. Wir schieben Holz drunter, und weiter geht's. Also, mir macht das Spaß!

Mittags richten uns die Mädchen belegte Brote und eine Teekanne. Die Sachen liegen auf der Bank vor dem Haus. Von den beiden fehlt jede Spur. Leider. Und Hanna ist auch noch nicht zurück.

Ich starte den Rapid wieder, Kurt und Heinrich springen auf. Heinrich hat den Bogen und einen Köcher voll Pfeile dabei. Gute Idee! Wir machen nachher eine kleine Bogenpause im Wald.

»Fahr da vorne lang«, sagt er.

»Nicht zum Holz?«

»Nein. Da vorne rechts.«

Wir tuckern den Waldweg entlang.

»Und hier halten.«

Ich schalte den Motor aus. Kurt und Heinrich verlassen den Weg und laufen tiefer in den Wald.

»Komm schon!«, ruft Kurt.

Nach fünf Minuten reicht es mir. »Wir können doch überall schießen, oder?«

Heinrich hält sich einen Finger vor den Mund. »Psssst!«

Wir gehen weiter und kommen bei einer alten Holzhütte an. Die ist komplett hinüber. Sie hat keine richtigen Fenster mehr, keine Türen, einfach nur zusammengenagelte morsche Bretter.

Kurt und Heinrich gehen gebückt weiter, und ich folge ihnen. Weil, neugierig bin ich schon.

Drinnen in der Hütte ist es nicht gerade gemütlich. Die Holzdielen sind aufgerissen, alles ist verschlammt. Aufgeschlitzte Plastikflaschen liegen überall herum.

Heinrich winkt mich zu einem großen Loch an der Wand, was früher sicher mal ein Fenster war. Ich blicke auf eine Lichtung, ein Stück Wiese mit hohem Gras. Mittendrin steht eine vergitterte Holzkiste.

»Die Futterstelle hat Papa gebaut«, flüstert Kurt.

Heinrich reicht mir den Bogen und drückt mir einen Pfeil in die Hand.

»Ich?«

Heinrich nickt. »Papa hat gesagt, du willst jagen.«

Als ich sein Gewehr gesehen habe, stimmt. Aber ich wollte doch nur dabei sein, nicht selbst etwas erlegen! Das kann ich doch gar nicht.

Ich schüttele den Kopf. »Das dauert doch Stunden!«

»Nee«, sagt Kurt. »Abends kommen die gern. Und Papa hat die Futterstelle heute früh mit Blättern und Kräutern aufgefüllt. Das Wetter passt auch.«

»Das Wetter?«

»Zu viel Wind mögen die Tiere nicht.«

»Wieso?«

»Da ist es zu laut im Wald. Und Regen mögen sie auch nicht.«

»Aha.«

»Besser ist es, direkt nach dem Regen zu jagen. Dann kommen sie raus.«

Ich zeige auf die Spitze des Pfeiles. Die Dinger, mit denen wir gestern geschossen haben, sahen anders aus. »Sind das Rasierklingen da vorne dran?«

»Das sind Schneiden«, sagt Kurt.

Wir warten, eine halbe Stunde vielleicht. Ich gehe in die Hocke, ist aber nach fünf Minuten auch unbequem. Also setze ich mich auf den schlammigen Dielenboden wie Kurt und Heinrich. Das sind ja geborene Jäger.

Wir schweigen uns an, und nach einer Ewigkeit klopft Heinrich auf sein Ohr. Kurt lächelt. Was hören die? Also, ich höre nichts. Obwohl, da knirscht was. Wir stehen in Zeitlupe auf und schauen aus dem Fensterloch. Ein Reh steht an der Futterstelle.

Kurt zupft an meinem Shirt.

Heinrich streckt den Daumen raus und grinst.

Ich spanne den Bogen.

Das Reh wackelt mit den Ohren, hebt den Kopf.

Kurt zupft noch einmal.

Das Reh schaut zu unserer Hütte. Sieht es mich?

Der Pfeil saust durch die Luft und bleibt in der Futterkrippe stecken.

Das Reh ist verschwunden.

Bin ich froh.

Als wir die letzten Stücke Holz zum Gutshof fahren, sind Kurt und Heinrich auch nicht mehr sauer auf mich. Von wegen, ich hab es vermasselt und so.

Hannas Fahrrad steht noch nicht da. Keine nervenden Eltern also. Endlich Zeit für Maggi! Ich will mit ihr reden. Weil, ich will nicht, dass sie sauer auf mich ist.

Jule ist doch zwei Jahre älter. Ist doch klar, dass da nichts geht. Das auf der Insel war gestern eher so die Ausnahme. Denke ich mal.

»MAAGIII!«, rufe ich gegen den Rapidmotor an. Ich bin beim langgezogenen Iiii von Maggiiiii, als ich Achims Pick-up in der Garage entdecke.

20

Vor der Küchentür mache ich halt. Achim und Papa schreien sich fast an. Papa klingt richtig sauer. »Die waren die ganze Zeit hinter uns! Und zwar im Zivilfahrzeug, ohne Blaulicht und alles.«

Achim spricht noch lauter als er. »Du hast Verfolgungswahn. Die Polizei ist sogar an uns vorbeigefahren. Die haben uns nicht gestoppt.«

»Die wollten doch nur, dass wir uns *nicht* verfolgt fühlen«, sagt mein Vater. »Deswegen ist der Wagen mit Blaulicht an uns vorbei, aber der Zivilwagen ist drangeblieben.«

»Ist ja gut. Morgen lassen wir die Kennzeichen hier«, sagt Achim eher zu sich. Ich verstehe ihn kaum durch die Tür.

»Ich suche jetzt Juri«, sagt mein Vater.

Wenn er mich hier entdeckt, ist das nicht so optimal. Auf Zehenspitzen laufe ich ins Nachbarzimmer und schließe die Tür hinter mir.

»Hallo, Juri«, sagt Maggi.

Sie steht vor einem Sofa und legt Wäsche zusammen. Auf dem Polster liegt ein Korb übervoll mit Bettwäsche, die 60-Grad-Wäsche schätze ich mal. Mache ich bei Mum auch manchmal. Natürlich nicht freiwillig. Aber Taschengeld ist eine raffinierte Methode, mich zu fast allem zu bringen. Außer zum Aufräumen!

»JURI!«, ruft mein Vater im Flur.

Maggi und ich schweigen, bis wir Papa und Achim draußen auf dem Hof hören. Das Grundstück ist groß. Die suchen erst mal eine Weile.

Ich zeige auf den Wäschekorb. »Stört dich das nicht?«

»Was?«

»Tisch abräumen, Geschirr spülen, Wäsche waschen. Du und deine Schwester, ihr seid ja richtige Haushaltssklaven.«

»Wir helfen unseren Eltern«, sagt Maggi.

»Schon, aber ihr Mädchen macht alles, und die Jungs …«

Maggi nimmt einen Kopfkissenbezug in die Hand, faltet ihn zusammen und legt ihn auf die anderen. Sie sind alle perfekt symmetrisch. Irgendwie unheimlich.

Maggi verschränkt die Arme. »Kurt und Heinrich und du, ihr habt doch auch was getan. Im Wald das Holz …«

»Ja klar«, unterbreche ich sie. »Aber du stehst noch hier, und die chillen längst hinter dem Stall.«

Wieso fange ich damit an? Vielleicht, weil mich das mit Achim und Papa so langsam echt nervt. Vielleicht, weil ich wissen will, was eigentlich Sache ist. Und deswegen frage ich einfach weiter.

»Auch eure Namen sind so komisch.«

»Was?«, fragt Maggi.

»Heinrich und Kurt zum Beispiel.«

»Kurt heißt eigentlich Kunibert.«

»Das meine ich ja«, sage ich.

»*Was* meinst du?«, fragt Maggi.

»Du heißt Margarete, und ich soll dich Maggi nennen.«

»Und?«

»Ihr habt Namen bekommen, die eher so nach Museum klingen und …«

Jetzt unterbricht mich Maggi. Sie kann auch echt laut werden. »DIE klingen nach MUSEUM? Wie heißen denn DEINE Freunde so?«

»Diesel-Nora zum Beispiel.«

»Diesel-Nora, echt?«

Wie bescheuert bin ich eigentlich?

»Äh … also Nora«, sage ich.

»Und was ist mit *deinem* Namen?«

»Wie jetzt?«, frage ich.

»Was ist Juri für ein Name? Wieso heißt du so?«

»Juri wie Juri Gagarin. Erster Mensch im Weltraum. Ein Russe und …«

»Moment«, sagt Maggi. Sie klatscht in die Hände. »Wann war das mit dem Weltraum?«

»1961«, sage ich.

Maggi grinst. »Juri ist auch wie im Museum. Das Weltraummuseum!«

Wow. Dazu fällt mir nichts ein. Also zumindest kein schlauer Satz. Ich gehe zum Wäschekorb und drücke Maggi einen Kuss auf die Lippen. Aber ihre Lippen sind hart, und ich weiß, was das heißt: Sie ist sauer auf mich.

Und dann öffnet sich die Tür, und es ist sowieso alles zu spät.

»Hier bist du!«, sagt mein Vater. »Ich will los.«

»Äh …«, sage ich.

»Danke fürs Helfen«, sagt Maggi.

21

Ich kupple vom zweiten zum dritten Gang und wieder zurück. Ist eben alles reine Übungssache.

»Wie war es mit Achim beim Vortrag?«

»Gut«, sagt mein Vater.

»Über was hat Herr Schneider so gesprochen?«, frage ich und bin erstaunt, dass mir der Name wieder eingefallen ist.

»Das war eine Art rechtliche Schulung für uns.«

»Eine rechtliche Schulung?«, frage ich.

»Schneider hat darüber gesprochen, wie illegale Scheinverfahren betrieben werden und was dagegen zu tun ist.«

»Aha«, sage ich, »illegale Scheinverfahren«.

Keine Ahnung, was das ist. Aber ich bin irgendwie erleichtert. Nach dem, was Aschenbecher am See gesagt hat, hätte das ja auch eine ganz andere Veranstaltung sein können. Mit Hakenkreuzfahne oder so. Rechtliche Schulung und Scheinverfahren klingen harmlos.

Wir fahren am Seeschild vorbei. Erst will ich aussteigen, Papa ans Steuer lassen und mich von ihm verabschieden für heute. Aber da ist eine Liste von Gründen, die dagegen spricht.

Erstens habe ich Hunger, zweitens keine Lust auf Chips und Cola und drittens brauche ich ein Badetuch und vielleicht mal zur Abwechslung eine Badehose. Viertens weiß ich auch nicht so richtig, wie ich mich am See verhalten soll. Und fünftens hab ich ein paar Fragen an meinen Vater.

Das Seeschild ist inzwischen im Rückspiegel nur noch ein dünner, blauer Strich. Papa will wieder die Schweig-Weltmeisterschaft gewinnen. Nicht mit mir.

»Du hast im Keller so große Kartons und Fässer«, sage ich.

»Und?«

»Was ist da drin?«

»Also, was in dem einen Karton ist, weißt du ja schon«, sagt mein Vater. Ich starre geradeaus und tue so, als dürfte ich keine Sekunde den leeren Feldweg aus den Augen verlieren. Könnte ja sein, dass ein Hase drüberhoppelt.

»Ich weiß es schon? Wieso?«

»Von allein öffnet sich so ein Karton ja nicht«, sagt er.

»Ich war neugierig, und es war der erste Abend bei dir, und du warst mit Achim weg und …«

»Ist schon in Ordnung.«

Kaum sind wir da, gehen wir in den Keller. Papa schiebt erst den Karton vor, den ich schon kenne. Er zieht die Anleitung mit der Aufschrift VA X1 heraus, das Ventilationsding.

Papa hält die Anleitung hoch. »Eines ist schon verbaut. Das Gerät reinigt die Luft, da kommen Filter dazu. Die sind …« Er schaut sich im Raum um und zeigt auf einen kleinen Karton in der Ecke. »Die sind dort!«

»Und jetzt zu dem hier.« Papa klopft auf einen Karton direkt vor uns, zieht den Hausschlüssel über das Klebeband und öffnet den Deckel. Er greift in die Kugeln aus Styropor und holt die Anleitung heraus. »TC 8«, liest er vor.

Klingt für mich wie ein Waffenmodell oder so. Wie das Sturmgewehr M4 bei Counter-Strike. Oder der Plasmawerfer BFG 9000 bei Doom. Oder die schallgedämpfte Pistole PPN-8 bei Prey.

Vom Zocken her kenne ich die alle. Aber TC 8 habe ich noch nie gehört.

Bevor ich fragen kann, löst mein Vater das Rätsel. Und das ist eher weniger der Hammer.

»TC 8 ist ein Trockenklosett«, sagt Papa.

»Ein Trockenklo?«, frage ich.

»Ja.«

»Du hast dir ein Klo bestellt?«

»Ein Trockenklosett. Es funktioniert ohne Spülung, also braucht man keinen Wasseranschluss.«

»Okay, und wo willst du das einbauen? Und das ganze andere Zeug?« Ich breite die Arme aus. Schließlich liegt da enorm viel Kram im Keller. Und eigentlich hat sein Haus alles, was wichtig ist. Zum Beispiel ein Klo mit Spülung.

Papa schaut auf sein Handy. »In fünf Stunden wird es dunkel. Dann zeige ich es dir.«

»Dein Projekt?«

Papa nickt und steigt die Treppe hoch. »Das Projekt von Achim, Karl und mir.«

»Vielleicht ...«

Er dreht sich zu mir um. »Was?«

»... könnten wir vorher was essen?«

Er winkt mich zu sich und geht in die erste Etage. Nicht in die Küche, die ist nämlich im Erdgeschoss. Schade.

Papa bleibt im Arbeitszimmer stehen und zeigt auf die Angelrute in der Ecke. »Lust auf Fisch zum Abendessen?«

Ich grinse, dann kommen die Bedenken. »Dauert das nicht viel zu lang?«

Fünfzehn Minuten später stehen wir am Dorfbach. Papa drückt mir die Rute in die Hand und beugt sich über seine Anglerkiste. Er öffnet eine kleine Schachtel und befestigt etwas am Haken.

»Ein Wurm?«, frage ich.

»Du schaust zu viele Filme«, sagt Papa. »Schon vom Fliegenfischen gehört?«

»Nee.« Ich zeige auf das bunte Ding am Haken. »Sieht aber nicht aus wie eine Fliege.«

»Für die Fische schon«, sagt Papa und drückt mir die Rute in die Hand.

Und die Stelle kenne ich wirklich vom Film. Ich hole weit aus, werfe die Rute nach vorn. Die Angelschnur mit der falschen Fliege saust davon, allerdings viel zu weit, und die Schnur landet im Strauch auf der anderen Seite des Bachs.

Papa lacht.

Ich drehe an der Spindel und will die Angelschnur einholen. »Ein bisschen zu viel Schwung.«

»Ein bisschen?« Papa lacht noch immer. »Wir sind keine Hochseefischer im Atlantik.«

Die Schnur hängt im Strauch fest, und ich ziehe kräftig. Ein Zweig vom Strauch bricht ab und landet im Wasser. Als die Schnur eingeholt ist, fehlt die falsche Fliege.

Papa drückt mir die kleine Schachtel in die Hand. Eine ganze Fliegenfamilie wartet dort auf ihr Schicksal. Die Dinger bestehen aus bunten Fäden und Drähten oder so. Wieso ein Fisch darauf reinfallen sollte, verstehe ich nicht.

»Beim Fliegenfischen wirfst du die Leine nicht so aus.«

»Sondern?«

Papa wickelt ruhig die Schnur von der Rolle, meterlang. Dann wirft er das Ende mit der Fliege einfach in den Bach. Ich will fragen, was dieser Aufwand soll, da überreicht er mir die Rute. »Jetzt erwecke die Fliege zum Leben!«

»Und wie?«

Papa zupft an der Schnur, die Fliege hüpft über das Wasser. Sieht ziemlich lebendig aus. Und Fische sehe ich da genug.

»Wegen der Hitze ist kaum Wasser im Bach«, sagt Papa.

»Gut oder schlecht?«

»Für die Fische schlecht, für uns gut.«

»Und wieso?«, frage ich.

»Das ist eine der wenigen tiefen Stellen im Bach, da sammeln sie sich.«

In den ersten fünf Minuten passiert nichts. Dann zieht etwas an der Leine. »Papa!«, rufe ich, bevor ich die schwarze Dose mit der weißen Aufschrift Coke zero entdecke. Sie treibt mit einer Plastiktüte im Bach und hat sich irgendwie im Haken verfangen.

Dann passiert lange wieder nichts. Vielleicht vertreibe ich mit meinem knurrenden Bauch die Fische?

»Hast du eigentlich einen Angelschein?«, frage ich Papa.

»So wie du einen Führerschein hast.«

»Sagt da keiner was?«, frage ich.

»Hat bei dir jemand was gesagt?«

»Nee. Mich hat ja keiner erwischt. Aber wenn dich einer sieht und …«

»Und was?«

»Na ja, vielleicht bekommst du Ärger.«

»Von wem?« Papa lacht wieder. Jetzt eher gezwungen, irgendwie trotzig. »Keine Behörde kann uns etwas vorschreiben, die haben alle keine Berechtigung. Die BRD ist eine Firma. Mehr nicht.«

Ich beiße mir auf die Lippen. Wieso musste ich mit dem Angelschein anfangen? »Deutschland ist eine Firma?«

»Ein Unternehmen, mehr nicht. Ganz genau.«

»Glaubst du das echt?«, frage ich.

»Natürlich. Deswegen heißt dein Ausweis auch Personalausweis. Weil du zum Personal dieser Firma gehörst!«

»Und du nicht?«

»Ich hab meinen Ausweis abgegeben.«

»Du hast keinen Ausweis mehr?«

»Doch. Einen vom Reich. Das Deutsche Reich wurde nie aufgelöst.«

»Aha. Und das Reich ist keine Firma?«

»Natürlich nicht. Es besteht seit über hundert Jahren. Deswegen sind wir alle Reichsdeutsche und …«

Und dann ruckelt die Leine, und es ist keine Coladose, kein Stück Holz, nein, ein Fisch. Ein echter Fisch!

Papa springt hoch. »Kräftig ziehen. Mit einem Ruck!«

Ich ziehe kräftig.

»Hol die Schnur ein.«

Ich hole die Schnur ein.

»Jetzt in den Kescher! Juri! Hier! Erst muss der Fisch ins Netz.«

Der Satz kommt zu spät.

Ich halte das glitschige und zappelnde Ding mit einer Hand fest, es rutscht mir weg, aber Papa fängt den Fisch mit dem Kescher ein. Er zieht ihm die falsche Fliege aus dem Maul und legt ihn auf einen Stein am Ufer. Der Fisch zappelt noch immer.

»Erst das Schlagholz«, sagt Papa und haut zweimal auf den Fischkopf. Das Stück Holz sieht aus wie ein Baseballschläger für Zwerge.

»Jetzt das Taschenmesser für das Herz … an dieser Stelle … zwischen den Brustflossen.« Papa sticht zu.

Der Fisch blutet aus. Ich stehe sprachlos neben ihm. Mein Herz pocht bis zum Hals. Ich meine, wir haben keinen Hai gefangen, aber das war schon heftig.

»Was ist das eigentlich?«, frage ich.

»Das ist dein erster Fisch, mein Junge. Gut gemacht. Ein Prachtexemplar!«

»Und was für ein Fisch?

»Eine Bachforelle.«

Wir stehen in der Küche. Papa salzt die Forelle und legt sie auf einen Teller mit Mehl. Er brät den Fisch in einer halben Packung Butter. Die ist schon ganz braun geworden. Muss offenbar so sein. Dazu macht er Bratkartoffeln. Es schmeckt phantastisch!

Papa und ich reden wie immer nicht sonderlich viel. Muss auch nicht sein. Das hier ist echt schön mit ihm. Auch ohne ein Gespräch. Und Schweigen ist sowieso besser, als über sein Deutsches Reich zu sprechen. Es bleibt nämlich sein Reich. Ich lebe in Deutschland. Da kann er labern, was er will.

Und ich bin nur der Besucher. Und der Jäger und Angler. Und der Autofahrer. Und der Modellbauer und der Esser. Wobei, die letzten zwei Sachen war ich bei Mum auch schon.

Nach dem Essen sitzt mein Vater wieder mit Laptop und Kopfhörer auf der Terrasse. Durch das Küchenfenster sehe ich den Moderator der Sendung. Er trägt ein blaues Hemd, an das ein schwarzes Mikro geklemmt ist. Die Haare sind nach hinten zu einer braunen Platte gegelt. Der Typ gestikuliert total übertrieben beim Sprechen und verzieht dabei immer wieder sein Gesicht.

Hinter ihm werden Fotos eingeblendet. Politiker, ein marodes Schiff mit schwarzen Menschen in roten Rettungswesten, Polizisten, wieder so ein Schiff, wieder Politiker, wieder der Typ mit der braunen Gelplatte, der noch verkniffener dreinschaut als zuvor.

Ich gehe ins Arbeitszimmer, lege mich auf die Couch, warte, bis es dunkel wird und zocke. Meiner

Mutter schreibe ich einen Einzeiler: *Hi Mum, mir geht's gut*. Ich könnte auch schreiben: *Hi Mum, Papa spinnt*. Oder: *Hi Mum, Papa kocht super*. Und *Mir geht's gut* ist so eine Zwischenvariante. Weil, eigentlich geht es mir ja gut.

Und was macht die Klasse? Noah hat Fotos gepostet vom Kreuzfahrtschiff. Hinter ihm ein Pool mit Mega-Rutsche, zwei Millionen Strandliegen und ein Horizont voller Wasser.

Doch so mies sind meine Selfies auch nicht. Ich und die Waldis mit Bogen vor der Zielscheibe. Ich und Aschenbecher auf der Motorhaube vom Wartburg. Ich mit dem Verbrennermotor in der Hand neben Papas Flieger. Und ich mit der Angelrute. Papa wollte nicht fotografiert werden.

Die Fotos von Diesel-Nora tue ich mir nicht an. Was immer sie mit ihrem Kickbox-Gitarristen vom Gymi macht, ich muss es mir nicht reinziehen. Und sowieso meldet sich gerade Jule.

Kommst du zum See?, schreibt sie.

Leider nicht. Muss meinem Dad was helfen.

Und sie zehn Sekunden später: *Schade. Die ganze Nacht?*

Und als ich das so lese, da dreht sich was im Bauch, fühlt sich gut an. Sie will mich echt treffen. War nicht nur so eine Kommst-du-zum-See-Floskel. Nee, da ist mehr. Aber mehr als mit Maggi?

Weiß nicht, wie lange das dauert, schreibe ich.

Was macht dein Dad denn so spät?

Irgendein Projekt. Keine Ahnung ...

Wir haben auch ein Projekt!, schreibt Jule.

Das kann ja alles und nichts bedeuten. Und meint

Jule mit wir jetzt sich, mich, Aschenbecher und alle oder einfach nur sich und mich? Das ist schon ein Unterschied. Also, haben sie und ich ein Projekt oder die ganze Waldseegruppe?

Bevor ich was dazu schreiben kann, hat sie schon alles geregelt. Ohne mich natürlich.

Dann eben ein anderes Mal, schreibt Jule. *Gute Nacht!*

22

Um halb elf ist es für meinen Vater endlich dunkel genug. Er drückt mir uralte Wanderschuhe in die Hand.

»Nachtwanderung?«, frage ich. »Ich dachte, du zeigst mir euer Projekt.«

Er sagt nichts, geht aus dem Haus und setzt sich in seinen Wagen.

Ich mache es mir auf dem Beifahrersitz bequem. Die Wanderschuhe sind etwas zu groß. Ich will nicht jammern.

»Dein Handy muss hierbleiben«, sagt Papa.

»Und warum?«

»Mit dem Handy bist du ortbar.«

»Und wieso darf keiner wissen, wo ich bin?«

Papa sagt nichts.

»Ach Papaaaa!«

»Sonst fahren wir nicht los.«

Ich lege mein Handy in einen der Winterreifen an der Wand und steige wieder ein. Wir fahren rückwärts raus. Ist komisch, aber ohne Handy loszuziehen fühlt sich immer falsch an.

Wir fahren auf Karls Hof. Das Tor steht offen. Was soll das? Karl arbeitet doch garantiert nicht mehr so spät in seiner Werkstatt. Selbst in seinem Haus brennt kein Licht mehr.

Für die elf Häuser bis zu Karl hätten wir kein Auto gebraucht. Aber ich will nicht nerven.

»Das war es schon?«, frage ich vorsichtig.

Papa verschwindet wortlos hinter der Werkstatt. Eine Minute später hält er mit einem schwarzen 3er BMW neben mir.

Ich steige ein. »Und wieso nicht mit deinem Auto?«

»Sicherheitsmaßnahme.«

Wir erreichen den Waldrand. Papa schaltet das Licht aus, und wir rollen langsam durch die Dunkelheit. Beim Seeschild biegen wir ab. Und jetzt wird mir echt anders. Wenn Jule und alle so spät noch da sind, was soll ich denen sagen? Ich meine, ich weiß ja selbst nicht, was das mit meinem Vater soll hier draußen.

Doch Räder stehen keine mehr da, auch kein Wartburg. Glück gehabt. Papa parkt und holt aus dem Kofferraum einen Rucksack. Wo kommt der denn her?

Papa drückt mir einen kleinen Kasten in die Hand. Ich schaue mir das Ding an, und es sieht im Dunkeln aus wie eine VR-Brille. Aber zocken wollen wir sicher nicht. Ich ziehe mir das Gerät über den Kopf, Papa drückt einen Knopf an der Seite, und dann kapiere ich es endlich. Der schwarze Wald leuchtet grün.

»Krass«, sage ich und suche den Waldrand ab. Ich kann meterweit in den Wald sehen, erkenne Bäume, wo vorher nur alles schwarz war.

Ich gehe los und stürze über eine Wurzel.

Schreiend knalle ich in den moosigen Boden.

»Auf den Boden musst du mit einem Nachtsichtgerät trotzdem schauen«, sagt Papa. »Und schrei nicht so rum!«

Das hätte jetzt auch Mum sein können.

Papa läuft voraus, ich stolpere hinterher. Entweder hat er sich jedes Hindernis eingeprägt und kennt den Weg seit Jahren, oder er hat Schuhe, mit denen er ordentlich gehen kann, die ihm nicht viel zu groß sind.

Wir kommen immer tiefer in den Wald. In welcher Richtung haben wir Karls BMW geparkt? Wo war eben noch der See?

Nur eins merke ich dann doch: Es geht bergab.

»Wann sind wir da?«

»In drei Minuten. Da vorne ist schon der Steinbruch.«

Endlich bleiben wir stehen. Riesige Steinbrocken liegen herum, und ich entdecke das Loch genau vor uns. »Eine Höhle!«, sage ich und überhole meinen Vater.

Er bleibt, wo er ist.

Gebeugt gehe ich durch die kleine Öffnung. Drinnen ist es zu dunkel, da kann die Brille auch nichts mehr machen. Aber für was hat man ein Handy? Ich greife in die leere Jackentasche und denke an den Winterreifen in der Garage. Na, klasse.

»Papa!«, rufe ich.

»Komm jetzt«, sagt er.

Und dann kapiere ich es. Die Höhle war gar nicht unser Ziel.

Er steht ein paar Meter weiter, also neben dem Höhleneingang. »Solche Löcher gibt es hier Dutzende.«

»Und was ist euer Projekt?«

»Du stehst genau drauf«, sagt Papa.

Ich gucke auf den Waldboden, entdecke Zweige und Tannennadeln. Mehr nicht. Da ist nichts. Echt nicht.

23

Papa leuchtet mit einer Taschenlampe auf die Erde. Mit den Füßen wischt er die Zweige auf die Seite. Er beugt sich über den moosbedeckten Boden. Ich knie mich zu ihm und versuche, etwas zu erkennen.

Er tastet mit den Fingern das Moos ab. Also, Pilze sucht man anders, glaube ich zumindest. Gemacht habe ich es noch nie.

Überhaupt ergibt das alles keinen Sinn. Erst das Auto tauschen, dann mit dem BMW ohne Licht durch den Wald fahren, dann mit Nachtsichtgeräten zu Fuß weiter, und das alles, um hier auf dem Boden herumzukrabbeln.

»Na also«, sagt Papa und drückt einen Finger in die Erde.

Jetzt ist er komplett durchgedreht, denke ich. Ein zweiter Finger verschwindet im Boden.

»Auf die Seite!«, sagt Papa.

Er zieht die Hand hoch, und ein Stückchen vom Waldboden klappt um. Ist natürlich Quatsch, aber so sieht es aus. Vor uns ist ein schwarzes Loch, groß genug, um sich durchzuquetschen.

»Eine Geheimtür, auf der Moos wächst?« Ich flüstere, obwohl es keinen Grund gibt, so leise zu sein. Hier wohnt keiner, und hier ist auch keiner außer uns beiden. Ich hätte es genauso gut schreien können.

»Was ist in dem Loch?«, frage ich.

Papa wirft den Rucksack ins schwarze Nichts. Keine Sekunde später klatscht er irgendwo auf. So tief kann es also nicht sein.

Jetzt drückt sich Papa durch die Öffnung und verschwindet im Waldboden.

»Komm schon!«, ruft er von unten.

Mit den Händen stütze ich mich am Rand ab und lasse die Beine ins Loch baumeln. Meine Füße stoßen auf die Sprossen einer Leiter. Langsam taste ich mich runter. Unten angekommen, schiebt mich mein Vater auf die Seite und klettert wieder hoch.

Kurz bekomme ich Panik. Allein will ich da unten bestimmt nicht bleiben. Selbst für das Nachtsichtgerät ist es zu dunkel. So wie in der Höhle eben.

»Warte!«, rufe ich ihm hinterher.

Da knallt die Öffnung zu, und es ist wirklich schwärzer als jede Nacht. Aber Papa ist da, ich höre, wie er die Leiter runterkommt.

»Das nächste Mal machst du oben zu.«

»Okay«, sage ich und bin ziemlich sicher, dass es für mich kein nächstes Mal gibt. Weil, was soll ich in dem dunklen Loch.

Etwas klickt, und endlich wird es hell. »Da ist der Lichtschalter«, sagt Papa.

Das Loch ist nicht wirklich ein Loch, auch keine Höhle, eher eine Wohnung. Sie ist doppelt so groß wie Papas Garage. Also, zwei dicke Autos würden bequem reinpassen.

Die Wände sind mit geschliffenen Holzplatten verkleidet, sieht super gemütlich aus. Ein großer Tisch steht in der Mitte des Raumes. Dicke Baumscheiben dienen als Stühle. Überall lagern Kisten aus Holz, teilweise zwei Meter übereinandergestellt.

Ich bekomme den Mund nicht zu. Ich fasse das alles mit einem Wort zusammen: »Krass.«

Papa nickt und zeigt auf die Knöpfe neben dem Lichtschalter. »Drück mal auf den!«

»Den grünen?«

»Ja.«

Ich drücke, und etwas summt los.

Papa zeigt auf eine vergitterte Öffnung an der Wand. »Frische Luft von draußen.«

»Das VA X1 aus deinem Keller«, sage ich nur. Ich merke mir eigentlich nichts, aber so was komischerweise schon. »Hab oben kein Lüftungsrohr gesehen.«

»Sieht auch keiner. Der Schacht führt in einen ausgehöhlten Baumstamm.«

Ich staune immer noch. Papa klopft auf eine der großen Kisten vor uns. Die ist mindestens einen Meter lang. »Fangen wir mit der an … Hilf mal mit.«

Wir heben den Deckel hoch und lehnen ihn an die Holzwand.

Die Kiste ist randvoll mit Dosen.

»Notnahrung«, sagt Papa und drückt mir eine Dose in die Hand.

»*Ungarntopf mit Rindfleisch und Nudeln*«, lese ich vor und nehme mir eine andere raus. »*Vollmilchpulver.*« Und noch eine andere. »*Rührei mit Zwiebeln.*«

»Und?«, fragt Papa.

»Dosenfutter«, sage ich und klinge wie Mum.

»Aber spezielles Dosenfutter«, sagt Papa. Ihn stört das Wort offenbar überhaupt nicht. »Da ist alles drin, was du brauchst zum Überleben. Die eine Kiste reicht für einen vollen Monat für zehn Leute.«

Notnahrung für einen Monat, schon klar, was das bedeutet. Bin ja nicht doof. Bei den meisten Zombiefilmen läuft es früher oder später auch darauf hinaus: Man bunkert sich ein und will überleben. Und Dosen helfen eben dabei. Die einzige Schwachstelle hier unten, also in Papas Film: Es gibt keine Zombies.

Trotzdem cool, der Bunker.

»Und wieso hast du einen Bunker gebaut?«, frage ich.

»Achim, Karl und ich haben das gemacht.«

»Okay, und wieso?«

Papa kniet schon über der nächsten Kiste, sie ist nur halb so groß. Den Deckel nimmt er allein ab. Er wühlt sich durch Dutzende kleine Schachteln.

»Die sind am wichtigsten«, sagt er und zeigt mir eine kleine, weiße Verpackung mit blauem Streifen.

»*Jodid*«, lese ich vor. »Nie gehört.«

»Jodtabletten«, sagt Papa. »Beim nächsten Krieg werden massiv Atomwaffen eingesetzt. Es werden auch alle Atomkraftwerke zerstört.«

Papa verkündet das so sicher, als stünde er in direktem Kontakt mit allen Atommächten und Superterroristen.

Was soll ich dazu sagen? Ich versuche es mal mit Logik. »Papa, egal wie viele Tabletten du im Bunker schluckst, ist da oben doch dann alles verseucht. Bei Tschernobyl oder Fukushima sind ...«

Papa lacht. »Das ist Propaganda! In Fukushima baden die Leute sogar schon wieder im Meer!«

»Also, ich will da nicht baden.«

Papa hört mich nicht. Er lebt in seiner Welt, der Bunkerwelt.

Er wühlt sich weiter durch die Kiste mit den Medikamenten. Er erklärt mir jede Schachtel, und von jeder gibt es kiloweise Vorrat.

»Die bei starken Schmerzen«, sagt Papa, und »das bei heftigen Magendarmsachen«, und »hier ein sehr gutes Mittel zur Wunddesinfektion«.

Dann bin ich weg. Komplett weg. Gedanklich, meine ich.

Mum hat ja auch Medikamente im Schrank oder zwei Kisten Wasser im Keller. Aber das hier unten ist was anderes. Es ist so wie in einem Endzeitfilm. Aliens wollen uns grillen, der Megameteorit schlägt ein oder es gibt eben eine Zombie-Invasion. Davon hatte ich es ja schon. Die Zombieversion finde ich persönlich am besten. Also filmisch gemeint. Und im Bunker ist alles genauso übertrieben, so abgefahren. Aber daher auch irgendwie ziemlich interessant.

Und klar, wenn es wirklich knallt, sitzt Papa im Bunker. Der überlebt. Andere, also ich zum Beispiel, nicht. Wir sterben. Und dann? Was macht Papa mit Karl, Achim und denen allen … Was machen die hier die ganze Zeit? Und was machen sie später oben?

Weil, irgendwann ist die letzte Dose Ungarntopf mit Nudeln leer, und die letzte Jodidpille ist geschluckt. Also müssen sie hoch, raus in den Wald. Aber wenn dort alles tot und verseucht ist, das ist doch auch kein Leben.

Und jetzt will ich raus. Der Bunker ist zwar der Hammer. Aber man hat echt komische Gedanken hier. Noch gibt es schließlich keinen Atomkrieg. Keine Zombies. Keinen Meteorit. Noch kann man leben.

Und das will ich, und zwar sofort.

Papa ist schon längst mit einer anderen Kiste beschäftigt. Ich suche mein Nachtsichtgerät und finde es zwischen den Dosen. Es liegt zwischen *Müsli Schweizer Art* und *Tomatensuppe*.

Ich ziehe mir das Nachtsichtgerät über und schalte es schon mal ein. Dann stoße ich gegen Papa. Der sieht aus wie ein Forscher in einem Geheimlabor. Als würde er mit gefährlichen Killerviren experimentieren oder so.

Er ist komplett in grünes Plastik verpackt, hat einen stumpfen Rüssel auf der Nase und schaut mich durch eine dicke Scheibe an.

»Gasmaske?«, frage ich.

»ABC-Schutzmaske«, sagt er, und ich verstehe ihn kaum durch das Ding, »mit Schutzfilter.«

»Ich muss an die frische Luft«, sage ich, aber bevor ich die Leiter erreiche, klopft mir Papa auf die Schulter.

»Das ist für dich!«

24

Papa drückt mir einen olivgrünen Beutel in die Hand. »Das müsste dir passen.«

Ich schaue in den Beutel rein. Drinnen ist das Zeug, mit dem man wie ein Virusforscher aussieht: Gasmaske, Filter und der Plastikumhang. Ist ja nett gemeint von Papa. Aber was soll ich damit in der Stadt, in Mums Wohnung? Wir haben keinen Bunker. Nur den Waschkeller.

Ich sehe mich mit dem Zeug zwischen den Trocknern und Waschmaschinen stehen, vor mir meine kleine Werkbank mit den Modellautos. Frau Kundle von der zweiten Etage ist auch da, also in meiner Phantasie jetzt. Weil sie eigentlich immer da ist, wenn ich im Keller bin. Als würde sie jede Socke einzeln waschen und danach in der Maschine daneben trocknen. Frau Kundles Blick wandert von der Plastikscheibe meiner Maske über den Rüssel und den olivgrünen Umhang runter und wieder hoch. »Mottoparty in der Schule?«, fragt sie.

Und Mum würde total ausflippen. Also, wenn ich so Sachen von Papa nach Hause mitbringen würde. Weiß sie eigentlich, wie mein Vater drauf ist? War der damals auch schon so? Ist er erst so geworden? Aber wie wird man denn so?

Papa hat natürlich keine Ahnung, was mir durch den Kopf geht. Ich lege meinen Beutel auf den Holztisch. »Wir können die Sachen ja erst mal unten lassen. Oder?«

Mein Vater nickt und sieht dabei ziemlich enttäuscht aus. Er nimmt den Beutel und steckt ihn in einen riesigen Sack, der von der Decke baumelt. Die Maske zieht er sich vom Kopf. Schweiß tropft ihm von der Stirn.

»Alles geht den Bach runter«, sagt Papa. Er setzt sich auf die Kante des Tisches. »Jederzeit kann der Krieg ausbrechen. Gut, wenn du auch vorbereitet bist.«

Jetzt kommt also wieder ein Vortrag. Um die Sache abzukürzen, frage ich gar nicht nach. Ich diskutiere auch nicht. »Wenn das so ist«, sage ich nur, »muss ich noch ein paar Sachen erledigen.«

Fast bin ich aus dem Bunker draußen. Mein Kopf berührt schon den mit Moos bewachsenen Deckel, da ruft Papa wieder. War ja klar, dass der nicht locker lässt.

»*Das hier* will ich dir erklären.«

Ich klettere runter. Papa kurbelt an einem Gerät, etwa so groß wie der olivgrüne Beutel. Das Ding ist allerdings eckig und schwarz. Ich steige von der Leiter und schaue es mir an.

»Ein Radio?«

»Genau. Den Strom erzeugt man selbst.« Er zeigt unter den Tisch. Neben einem Dutzend Wasserkanister sind mindestens ebenso viele Autobatterien. »Kurbeln müssen wir erst, wenn die Batterien alle leer sind.«

»Dann ist es aber ziemlich dunkel.«

Papa ist in seinem Element und springt von Kiste zu Kiste. Meine Schuld. Ich hätte einfach die Klappe halten sollen. Aber interessant finde ich es ehrlich gesagt auch.

»Da sind Kerzen drin«, sagt Papa. »Mit je vierundzwanzig Stunden Brenndauer.«

Er zeigt auf ein daumendickes Stromkabel, das in einem Loch verschwindet. »Für den Notfall steht in einer Höhle der Generator. Der funktioniert mit Diesel. Geht hier unten natürlich nicht.«

»Wegen den Abgasen?«, frage ich.

»Und er ist zu laut. Da weiß jeder, wo wir sind.«

Da weiß jeder, wo wir sind. Bei dem Satz wird mir echt anders. Natürlich will Papa im Bunker mit Achim und dem Rest allein sein. Andere Überlebende sind nicht eingeladen. Egal, wie laut die da oben schreien und durch den Wald rennen, Hilfe suchen.

Unten wird überlebt, oben wird gestorben.

Das hier ist *sein* Bunker.

Sein Bunker und sein Reich.

Keine Stunde später haben wir den 3er BMW wieder auf Karls Hof geparkt und kommen vor Papas Haus an. Er fährt sein Auto in die Garage. Ich gehe hoch. Immerhin hat er mir endlich einen Schlüssel gegeben, einen eigenen.

Ich denke an Jule. Papa denkt vermutlich an seinen Bunker und den ultimativen Krieg. Ich will mehr Sommer. Papa wartet auf den atomaren Winter. Na ja, so bildlich gesprochen halt. Ich muss endlich ins Bett!

Ich drehe mich auf der engen Schlafcouch hin und her. Nach der zwanzigsten Umdrehung knurrt mein Magen, wie immer um diese Zeit. Bei Mum bin ich jede Nacht am Kühlschrank. Immer zwischen zwei und drei Uhr. Wieso sollte das bei Papa anders sein? Hunger ist Hunger. Und es ist kurz nach halb drei.

Das Küchenlicht unten lasse ich aus, der offene Kühlschrank strahlt hell genug. Ich arbeite mich durch die Fächer und finde ein Glas mit Würstchen. Die sehen eher nach Aldi aus als nach Achims Gutshof. Der druckt ja keine Etiketten auf die selbstgeschlachteten Sachen.

Ketchup oder Senf ist leider unauffindbar. Immerhin ist ein Stückchen Brot da.

Nach der zweiten Wurst öffnet sich hinter mir die Balkontür. Langsam, als wollte jemand mich überwältigen oder überfallen. Ich zucke zusammen, und mir fällt das Glas aus der Hand. Es knallt, das Wasser im Glas versickert in den Ritzen am Boden. Drei Aldi-Würstchen liegen auf Scherben verteilt.

Papa steht an der Balkontür, sein Laptop klemmt unter dem Arm, die Kopfhörer hat er noch auf.

»Ich bin fast gestorben«, sage ich und schaue auf die Schweinerei am Boden. »Sorry.«

»Egal«, sagt Papa. »Die hab ich für Karls Hund gekauft.«

Ich rechne kurz nach, wann das gewesen sein könnte. Weil, der Hund ist ja tot. Ich hebe die Scherbe mit dem Etikett auf. Papa macht das Licht an. Die Würstchen sind seit einem Jahr abgelaufen. Das nächste Mal gehe ich Nachtangeln. Obwohl, funktioniert das mit den falschen Fliegen auch im Dunkeln?

25

Die nächsten zwei Tage sind Regentage.

Jule hat Stress und muss irgendwas machen. Keine Ahnung mit wem und wieso, vielleicht mit ihren Eltern.

Für den Modellflug ist es leider viel zu windig. Papas Flieger muss warten. Überhaupt fährt Papa alle paar Stunden weg, ohne zu sagen wohin.

Zu Achim fahren wir auch nicht.

»Der hat Besuch«, sagt Papa.

Irgendein Kumpel von Achim hat irgendein Problem. Wieso ich nicht allein zu den Jungs und den Zwillingen fahren darf, verstehe ich nicht.

Immerhin darf ich in der Zeit Papas Laptop haben, und endlich kann ich wieder richtig zocken. Da vergeht die Zeit auch so.

Nach dem zweiten Tag lege ich mich gegen ein Uhr nachts in Papas Arbeitszimmer auf die Couch. Sofort schlafe ich ein.

Ich stürme durch den Wald, es ist dunkel. Wölfe heulen. Wildschweine grunzen, oder was immer das für haarige Wesen in den Sträuchern sind. Rot leuchten ihre Augen durch die Zweige durch. Ich renne weiter. Bin ich auf der Jagd oder werde ich gejagt?

Ein Militärjet fliegt viel zu tief und dröhnt knapp über die Bäume hinweg. Tausende Blätter wirbeln durch die Luft. An meinem Gürtel hängt der Köcher mit den Pfeilen. Aus Carbon natürlich. In der einen Hand halte ich einen Bogen, in der anderen das Handy. Und kaum ist das Flugzeug fort, höre ich es klingeln.

Und dann wache ich auf.

Der Traum ist weg, das Handy ist noch da.

Und es klingelt genauso wie im Traum. Das kann nur Mum sein. Ich hab ihr seit Tagen nichts geschrieben. Und jetzt hat sie vermutlich auch schlecht geträumt und muss mich hören. Mitten in der Nacht.

»Mum … mir geht's gut«, sage ich. »Alles … alles gut, echt.«

Ich bin mit dem Kopf noch im Wald zwischen Militärjet und Wildschweinen und klinge wie ihr Hauke nach einer durchsoffenen Nacht. »Schön, dass es dir gutgeht!«, sagt Mum. »Das freut mich, mein geliebter Sohn.«

Mein Gehirn fängt an zu rattern. Erstens sagt Mum niemals *mein geliebter Sohn*. Zweitens ist es auch nicht ihre Stimme.

Jule ist dran!

Und das wirkt auf mich wie zwei Dosen Kong Strong auf ex. Red Bull ist zu teuer.

»Jule? Sorry! Also, ich dachte …«

»… ich bin deine Mutter«, sagt Jule. »Schon klar. Bin ja nicht doof.«

»Okay, sorry.«

»Hör auf, dich dauernd zu entschuldigen.«

»Sor… äh, okay.«

»Komm einfach runter!«

»Runter?«

»Wir stehen vorne an der Kreuzung.«

»Äh … es ist«, ich schaue aufs Handy, »kurz nach zwei.«

Jule sagt nichts. Sie hat bereits aufgelegt.

Klar, so einfach kann man es sich auch machen.

An der Kreuzung parkt der Wartburg von Aschenbecher. Neben ihm sitzt Jessy und hinten Jule. Sonst ist alles dunkel. Das ganze Dorf schläft. Hinter keinem Fenster brennt Licht. Nicht mal die Straßenlaternen sind an. Ich quetsche mich zu Jule, und Aschenbecher fährt los.

Er hat seine Hand auf der Gangschaltung und Jessy ihre Hand auf seiner. Gemeinsam hebeln sie sich vor und zurück. Bevor es mich so richtig stört, spüre ich Jules Hand. Ihre Finger streicheln über meinen Rücken.

Wir schaffen das auch ohne Gangschaltung.

»Ist ein bisschen spät, oder?«, frage ich. Meine Stimme klingt nicht mehr so verpennt.

»Geht nicht anders«, sagt Jule.

»Und wieso?«

»Weil uns tagsüber alle sehen«, sagt Jessy.

Ist auch nicht die super Antwort. Aber ich will mich nicht beschweren. Neben Jule fühle ich mich wohl, egal wie spät es ist.

Jule küsst mich aufs Ohr und flüstert: »In zwanzig Minuten bist du wieder im Bett.«

Und dann machen wir das, was man im Wartburg echt super machen kann: Wir knutschen rum.

Fünf Minuten später stehen wir auf dem Parkplatz

am Feld, also dort, wo der Feldweg beginnt. Aschenbecher, Jessy und Jule steigen aus und, logisch, ich auch. Sieht ja bescheuert aus sonst.

Jessy öffnet den winzigen Kofferraum und winkt mich zu sich. Jule leuchtet mit ihrem Handy rein. Eine Schachtel mit Dosen liegt vor uns. Also, jetzt nicht so Bunkerdosen mit *Zwiebel-Rührei* oder *Müsli Schweizer Art*, sondern Spraydosen.

Ich ziehe eine raus und lese vor: »*Black*.«

»Ist die beste Marke«, sagt Aschenbecher.

Ich zähle fünf Dosen, und in allen ist rote Farbe.

»Für ein Graffiti aber ziemlich langweilig«, sage ich. »Also, alles nur rot und so.«

»Wird auch kein Graffiti«, sagt Jule.

Aschenbecher schüttelt eine Dose. Er hört gar nicht mehr auf damit. »Immer mindestens eine Minute«, sagt er und drückt sie mir in die Hand.

Die Dose ist warm.

»Kennst du Karl?«, fragt Jule.

»Ja«, sage ich. Und ich denke an Maultaschen und die Autokennzeichen mit der alten Flagge.

»Das ist unser Obernazi im Dorf«, sagt Aschenbecher. »Der ist sogar in der Nazipartei. Der läuft bei allen Demos mit.«

»Hier gibt es Demos?«, frage ich.

»Nee, aber in Pforzheim und so.«

»Okay. Und?«, frage ich.

»Dem sprayst du gleich was an die Wand.«

»*Ich*?«

Aschenbecher breitet beide Arme weit aus. Er schaut

mit einem Siegerlächeln zu Jule und Jessy. »Was hab ich euch gesagt, Leute? Der gehört zu denen!«

Er nimmt mir die Dose aus der Hand und wirft sie in den Kofferraum. Er will das Ding zuknallen.

Ich stemme meinen Arm dagegen. »Warte mal.«

Aschenbecher hält den Kopf schräg.

»Wenn ich das mache, hörst du auf zu nerven? Dann glaubst du mir, dass ich kein Nazi bin?«

Aschenbecher nickt. »Dann bist du mein Bruder.«

So ein Arschloch.

»Und wenn die das rausfinden?«, frage ich.

Jule lächelt mir zu, soll wohl aufmunternd aussehen. »Du kommst von einem anderen Ort. Dich kennt keiner so richtig.«

»Ist jetzt nicht so das super Argument, finde ich.«

Jule spricht leise weiter. »Dein Vater gehört zu denen. Daher glaubt doch keiner, dass du das warst.«

Und Jessy hat auch ein Argument für mich. »Wir wollen endlich ein Zeichen setzen.«

Vor allem *wir*, denke ich. Ihr habt nur die Dosen gekauft.

Aber egal, da ist noch ein Argument, und das hat keiner genannt. Es ist *das* Argument überhaupt: die Aussicht auf noch mehr See und noch mehr Sommer und noch mehr Jule.

Wir fahren los, im Wartburg diskutieren Jessy und Jule.

Jessy ist für *NAZISCHWEIN*, in Großbuchstaben. Jule meint, *Nazischwein* wäre besser, weil kleine Buchstaben weniger Farbe brauchen. Ich wäre schneller fertig damit.

Aschenbecher ist es offenbar egal. Der zieht an einer Selbstgedrehten, ganz ohne Text.

»Ich spraye einfach nur *Nazi*«, sage ich. »Alle Nazis sind Schweine. Und Nazischwein ist ja wie ein … also ein …«

Dafür gibt es ein Wort. Wenn man zwei Sachen sagt, die das Gleiche bedeuten und man eigentlich nur das eine Wort sagen müsste. *Das italienische Rom* zum Beispiel. Oder *Der spielende Zocker.* Beispiele fallen mir Hunderte ein. Aber das Wort dafür?

»Wie sagt man, wenn zwei Wörter das Gleiche bedeuten wie eins?«

»Keine Ahnung«, sagt Aschenbecher.

Jule flüstert es in mein Ohr, als wäre es Geheimwissen: »Tautologie«.

»Tautolowas?«, frage ich.

»Tautologie«, sagt ihre kleine Schwester Jessy vorne. Woher weiß *die* das?

»Nur *Nazi* finde ich gut. Braucht auch weniger Farbe als *Nazischwein*«, sagt Jule.

»Großschreibung oder klein?«, fragt Jessy.

»Klein«, sagt Jule.

Und somit wären alle Entscheidungen getroffen.

Ohne mich übrigens.

Ich bin hier nur der Sprayer.

Zehn Minuten später stehen wir an der Ecke vor Karls Haus. Wieso ich das jetzt mache, ist nicht wirklich logisch. Aber andererseits, was ist schon logisch? Ranzke würde sagen, Physik ist logisch und Mathe sowieso.

Aber dann hat ihn Diesel-Nora im Unterricht zum Schwarzen Loch befragt. Und auf einmal war Physik gar nicht mehr logisch. Von wegen Raumzeitkrümmung und so. Da konnte uns Ranzke zwar lang und breit was über Masse und Anziehungskraft erklären, aber kapiert hat es keiner. Außer Sümi vielleicht ganz vorne.

Die zwei Dosen in meinen Händen sind schon geschüttelt. Das hat ja Aschenbecher für mich erledigt. Wie nett!

Ich renne los. Das Gartentor von Karl ist offen. Ich könnte skeptisch werden. Werde ich aber nicht. Ich will es einfach nur hinter mich bringen.

Ich drehe mich noch einmal um. Winkt mir Jule zu, oder ist es nur Einbildung? Ist ja auch viel zu dunkel alles.

Ich spraye los.

Zwischendurch muss ich schütteln, und das Klicken der Dose hallt über den Hof. Aber ohne Schütteln kommt nichts mehr raus. Endlich steht *NAZI* auf der Wand. In Großbuchstaben, das ging mir irgendwie leichter von der Hand.

Ich renne zurück zur Ecke. Jessy klatscht mich ab. Jule drückt mich. Und Aschenbecher macht nichts. Dafür liefert er zur Ausnahme mal Text. »Wo sind die Dosen?«

Und da fühle ich mich echt beschissen. Weil, die liegen natürlich noch dort. Ich hab sie brav an die Wand gestellt, als würde ich zu Hause mein Zimmer aufräumen. Also theoretisch. Natürlich mache ich so verrückte Sachen nicht mehr, seit ich zwölf bin. Da kann Mum machen, was sie will. Mein Zimmer ist mein Zimmer und fertig.

Aschenbecher nickt in Richtung Hauswand. Die zwei Dosen sieht man sogar von der Ecke aus. Zwei dicke schwarze Striche unten an der gelben Wand, zwischen dem Nazi-N und dem Nazi-A. Sieht von hier aus wie zwei Kommas.

»Da sind unsere Fingerabdrücke drauf«, sagt Aschenbecher.

Und er hat natürlich recht. Er hat die Dosen geschüttelt, ich habe gesprayt. Wir sind geliefert. Lebenslange Einzelhaft bei Wasser und Brot. Mindestens so etwas in der Art.

»Ist auch meine Schuld«, sagt Aschenbecher, und ich gucke ihn schräg an.

»Wieso?«

Er wedelt mit einer Packung irgendwas.

»Was ist da drin?«

»Zehn blaue und latexfreie Einweghandschuhe«, sagt Aschenbecher.

»Wie jetzt?«

Aschenbecher zeigt auf meine Finger, die sind voller Farbe. Na toll.

»Wollte dir vorher welche mitgeben. Sorry, hab es verpennt.«

Ich renne wieder zur Mauer.

Noch zwanzig Meter, noch fünfzehn, noch zehn, noch fünf ... Doch drei Meter vor Karls Gartenzaun geht das Licht auf dem Hof an.

Ein Scheinwerfer bestrahlt die Fläche, mindestens

fünfhundert Watt hat der. Zumindest macht der Strahler die Nacht zum Tag.

Ich werfe mich auf den Boden, robbe bis zur Hecke am Zaun. Ein Bewegungsmelder ist das nicht, der hätte ja vorher bei mir auch reagieren müssen. Ich richte mich ein wenig auf und erkenne durch das Gestrüpp Karls Frau, Elsbeth.

Sie kommt im Nachthemd aus der Haustür. Mitten auf dem Hof bleibt sie stehen und zieht an einer Zigarette. Sie schaut in den Himmel, schüttelt den Kopf. »Nee, nee, nee …«

Mehr sagt sie nicht. Sie qualmt weiter.

Entweder sie steht so früh auf, oder sie kann nicht schlafen, oder sie raucht zwischen den Schlafphasen. Ist ja auch viel zu warm.

Elsbeth geht auf den Gartenzaun zu und bleibt zwei Meter vor mir stehen. Nur ein paar Pflanzen und die Hecke trennen uns voneinander. Und natürlich der Zaun.

»Nee, nee, nee …«, sagt sie wieder. Sie drückt die Zigarette an dem Pfosten zwischen uns aus. Die Kippe landet neben mir.

Ob Jule, Jessy und Aschenbecher noch an der Ecke stehen? Oder haben die sich schon verdrückt?

Elsbeth schaut wieder in den Himmel. Und wie sie da so hochblickt, tut sie mir auf einmal leid. Weil, Karl ist ja der Nazi. Nicht sie! Oder? Der macht jedenfalls die Nummernschilder. Sie macht die Maultaschen. Und das steht alles nicht auf der Wand.

Da dreht sich Elsbeth zum Haus und bleibt vor der

Wand stehen. Das N vom *NAZI* reicht ihr von den rosaplüschigen Hausschuhen bis zu den grauen Locken. Vielleicht hab ich es doch ein wenig übertrieben mit der Schriftgröße.

Elsbeth bleibt ein paar Sekunden reglos stehen. Als hätte ich da einen ganzen Roman an die Wand gesprayt. »Nee, nee, nee«, sagt sie noch einmal vor sich hin.

Und dann schreit sie »KARL!« und noch einmal »KARL!« und viel lauter »KAAAAARL!!!«.

Sie läuft ins Haus. Ich springe auf und renne zur Ecke und von dort mit Jessy, Jule und Aschenbecher weiter, immer weiter. Sogar am Wartburg vorbei. Hauptsache weg.

26

Um vier Uhr morgens liege ich auf der Couch. Die Hände habe ich erst nach ewiger Schrubberei sauber bekommen. Ich habe Olivenöl, Seife und Wasser gebraucht. Also genau in der Reihenfolge. War ein Tipp von Aschenbecher.

Erstaunlich schnell penne ich ein.

Papa rüttelt am Schlafsack. »Wir müssen los.«

Erst denke ich, super, immerhin kein Mathetest-Traum.

»Komm schon!«, sagt Papa.

Und dann kapiere ich, es ist auch kein Papa-Traum, sondern die bittere Realität.

»Wie spät ist es?«

»Acht Uhr.«

Immerhin hab ich vier Stunden geschlafen.

»Ich glaube … ich würde … also …«

»Auf jetzt. Achim wartet draußen.«

»Wohin fahren wir denn?«

»Keine Zeit. Im Auto sage ich es dir.«

»Im Auto?«

Papa geht schon die Treppe runter. Ich gähne so laut wie möglich. Aber mein Vater ist erbarmungslos.

Immerhin Zähne putzen schaffe ich. Und anziehen darf ich auch noch was. Nur mein Handy finde ich nicht.

»Hast du mein Handy gesehen?«, rufe ich runter.

»Brauchst du nicht«, sagt Papa und verlässt schon das Haus.

Natürlich brauche ich mein Handy!

»KOMM JETZT!«

Also renne ich runter.

Ohne Handy.

Achim steht neben seinem Pick-up und ruft Papa zu: »Hast du das schon von Karl gehört?«

Papa nickt und geht zügig zur Beifahrertür. »Eine Schweinerei!«

Nicht *eine* Schweinerei, sondern *meine* Schweinerei. Ich schaue auf den Boden und gehe zum Auto.

Ich quetsche mich hinten rein. Der Pick-up ist in der zweiten Reihe verdammt eng. Und dunkel. Hinten sind die schmalen Fensterscheiben schwarz getönt.

»Hallo, Juri!«, flüstert Maggi, und ich zucke zusammen.

Ist es wirklich Maggi, oder ist es ihre Schwester Martha?

Im Auto ist es nicht hell genug, um das mit den unterschiedlichen Größen der Augen zu erkennen. Dann sitzt sie ja auch so schräg, ich sehe sie nicht richtig von vorne. Und fragen wäre echt super peinlich. *Haben WIR uns geküsst oder war das mit deiner Schwester?*

Das geht natürlich gar nicht!

»Hey«, sage ich zur Begrüßung, und mehr kommt bei mir erst mal nicht raus.

Auch, weil unsere Väter genau vor uns sitzen. Und wie Achim bei dem Thema tickt, weiß ich inzwischen:

Jungs verbringen Zeit mit Jungs und Mädchen mit Mädchen. Bis zur Hochzeit vermutlich.

»Wohin geht's?«, frage ich.

»Zur JVA«, sagt Achim.

»JVA?«

»Justizvollzugsanstalt«, sagt Papa.

»Ihr habt hier einen Knast?«

»In Mannheim. Wir fahren nach Mannheim.«

»Und was wollt ihr da?«

»Jemanden abholen.« Papa sagt das so, als würden wir beim Baumarkt Bretter kaufen.

Er wartet ein paar Sekunden. Aber weil es eben nicht um Bretter geht, bin ich erst mal stumm. Nennen wir es Schockstarre.

Ich blicke zu Maggi (oder Martha?). Wieso sollen wir beide da überhaupt mitkommen?

Sie zwinkert mir zu. Ich schaue zuerst vor zu Achim, ob der uns im Rückspiegel beobachtet. Tut er nicht. Ich zwinkere zurück.

Wir fahren aus dem Dorf raus und auf die Landstraße. Zwanzig Minuten später schleichen wir über die Autobahn. Die Nadel beim Tacho fängt ab Hundert an zu zittern. Egal, Hauptsache wir fahren mit einem echten Nummernschild. Obwohl, sicher bin ich mir da nicht.

Papa schuttelt den Kopf. »All die Jahre im Knast …«

Achim winkt ab, und seine Hand saust dabei vom Rückspiegel bis zur Gangschaltung. »Aber es braucht auch Leute wie ihn! Männer, die handeln, nicht nur reden und reden. Immerhin hat Jens ein Zeichen gesetzt.«

»Das hat er allerdings«, sagt mein Vater.

»Und was die Presse daraus gemacht hat, so war es ja gar nicht. Es war Notwehr!«

»Lügenpresse eben.«

Ich spüre, wie ein Finger über meine Hand streicht, und schaue runter. Immerhin bin ich endlich sicher, dass das neben mir Maggi ist und nicht Martha. Relativ sicher. Und offenbar ist sie nicht mehr sauer auf mich.

Nerven hat sie auf jeden Fall. Auf der Fußmatte liegt eine Stofftasche. Die lege ich über unsere Hände. Da können die Finger machen, was sie wollen. Wobei, so richtig gut fühlt sich das nicht an. Irgendwie bin ich mit Jule schon mehr zusammen als mit Maggi.

Achim und Papa sind im Schweigewettbewerb.

»Wieso war Jens im Knast?«, frage ich.

»Der ist da in etwas reingeraten …«, fängt Papa an.

Achim unterbricht ihn. »Jens war zur falschen Zeit am falschen Ort.«

»Und was für ein falscher Ort war das?«, fragt Maggi.

Ich muss grinsen. Zu zweit kann man Eltern besser nerven. Allein deswegen hätte ich gern einen Bruder oder eine Schwester gehabt.

Papa dreht sich zu uns nach hinten. »In der Siedlung draußen, bei den Asylanten.«

Achim drückt auf die Anlage, und Klassik läuft. Eine Oper oder so. Eine Frau singt viel zu hoch, und dazu wird sie von Klavier und Geigen und so begleitet. Achim dreht voll auf. Perfekte Foltermusik. Ich würde alles gestehen, damit der Lärm endlich aufhört.

27

Zwei Stunden später stehen wir im Stau, mitten in Mannheim. Ich war hier bisher nur einmal, beim Klassenausflug, letztes Jahr. Ranzke hat das organisiert, also: zwei Stunden Schloss, zwei Stunden Luisenpark, zwei Stunden Kunsthalle. Ein Mörderprogramm. Achims Folteroper hätte dazu super gepasst. Aber immerhin durften wir damals im Reisebus unsere eigene Musik laufenlassen.

Ranzke hatte uns abstimmen lassen, und die Nora-Fraktion hatte gewonnen. Cro rappte in Dauerschleife aus den miesen Busboxen. Und alles nur, weil Cro aus einem Schwabendorf kommt. Der hat bei uns eben Heimvorteil.

Was ich in Mannheim echt krass finde, ist die Anordnung der Straßen. Die Innenstadt ist wie ein Schachbrett aufgebaut. Gerade Linien und alles in so Kastenform. Da wohnen die Menschen in E4 Komma 6 oder R1 Komma 7 – also nicht in der Schillerstraße oder der Einsteinallee. In Mannheim leben die Leute in Nummern und Buchstaben!

Achim fährt den VW Taro in Zeitlupe rechts ran. Eine Straßenbahn klingelt hinter uns. Wir müssen weg.

»Ich rufe euch an, wenn wir fertig sind«, sagt Achim.

Ich kapiere nichts und schaue zu Maggi. Die steht schon draußen und hält mir ihre Tür auf.

»Fahren wir nicht mit euch?«, frage ich.

Die Straßenbahn klingelt noch mal. Zwei Autos hupen uns an.

»Pass gut auf Margarete auf!«, sagt Achim. »In einer Stunde sind wir wieder hier.«

Ich steige aus. Maggi zieht mich zur Seite, die Straßenbahn rollt an uns vorbei. Von Achims Pick-up sehen wir nur die Bremslichter im Stau. Maggi lässt meine Hand nicht mehr los und zieht mich hinter sich her.

»Was machen wir?«, frage ich.

»Schulsachen holen«, sagt sie und führt mich direkt in die Eisdiele.

Wahrscheinlich ist das nicht mal gelogen. Einen Laden hab ich im Dorf nicht gesehen. Und Amazon liefert vielleicht nicht so tief in den Wald. Wie Prime-Kunden sehen die Waldis auch nicht aus.

Küssen ohne Eis ist korrekt. Aber küssen mit Eis ist was ganz anderes. Eher Schillerstraße als R1 Komma 7. Die Lippen sind kalt, die Zungen sind kalt, und das fühlt sich echt anders an. Im Sommer zumindest.

Kurz war ich sauer auf Achim und Papa. Offenbar bin ich nur als Maggis Aufpasser mitgekommen. Schon komisch, im Wald durfte ich nicht mal mit ihr allein vor dem Stall stehen.

»Wieso sind nicht Kurt und Heinrich mitgefahren?« Eine halbe Kugel Vanille verschwindet in meinem Mund. »Als Aufpasser, meine ich.«

»Die passen auf Zuhause auf«, sagt sie total ernst.

Ich stelle mir die beiden mit gespannten Bögen vor

dem Hauseingang vor. »Und wieso muss da einer aufpassen?«

»Wie meinst du das?«, fragt Maggi.

»Also, wer soll denn zu euch in den Wald kommen?«

»Fremde.«

»Fremde?«, frage ich.

»Das kapierst du nicht.«

»Wollt ihr noch was?«, fragt der Kellner. Es ist das dritte Mal.

Maggi bestellt den Schokotraum. Der Kellner verdreht die Augen. Wie viel Umsatz braucht der denn?

Und dann ist die Stunde schon um. Wir füllen den Schokotraum in einen Plastikbecher und suchen einen Schreibwarenladen.

Mit einem neuen Füller, Papierbögen und dem Eisbecher laufen wir zur Kreuzung. Nach fünf Minuten rollt Achims Pick-up an.

Neben ihm sitzt einer mit Basecap, der ist bestimmt schon vierzig oder so. Und das kann nur Jens aus dem Knast sein.

Papa steigt hinten aus und hält die Tür auf. Maggi steigt ein. Bevor ich darf, quetscht sich mein Vater dazwischen. Er will in der Mitte sitzen. Na super.

»Was soll der Kindergarten?«, fragt Jens.

»Tarnung«, sagt Achim, und ich kapiere das nicht.

Jens aber scheint die Antwort zu gefallen. Er dreht sich zu uns nach hinten und grinst breit. »Hallo, liebe Kinder!«

Maggi reicht ihm den Schokotraum vor. Das hätte ich mich nie getraut.

Achim macht wieder einen auf Folterknecht und dreht die Musik auf. Alle schweigen sich an. Und irgendwie kommt mir das komisch vor. Weil, Jens war ja wohl länger hinter Gittern. Und da muss es doch Sachen geben, die er wissen will.

Und ich hätte auch ein paar Fragen an ihn gehabt.

Wir fahren ins Dorf, und ich bin gespannt, wo Jens wohnt. Wir sind nicht weit von Papas Haus entfernt, da biegen wir ab in den Finkenweg. Mir wird jetzt echt anders. Den Finkenweg kenne ich ziemlich gut inzwischen.

Das Tor steht offen.

Ein Polizeiwagen parkt neben der Einfahrt.

»Was ist denn hier los?«, fragt Achim.

»Nette Begrüßung«, sagt Jens so ernst wie ein Bestatter.

Ich kurbele das Fenster runter.

Wir halten hinter dem Polizeiwagen, ein silberblauer E-Klasse-Mercedes.

Ein Polizist macht Fotos von der Hauswand. Und von den zwei Spraydosen am Boden. Die stehen natürlich noch da.

Karl redet viel zu laut auf eine Polizistin ein. »DIESE VERBRECHER! An die Wand mit denen!«

Ich schlucke.

Karl macht weiter. »Das rotgrün versiffte Pack! ALLE AN DIE WAND!«

Irgendwie macht jeder Satz von Karl klar, dass er dem gesprayten Wort alle Ehre macht.

»Da muss AUFGERÄUMT werden!«, schreit Karl weiter.

»Beruhigen Sie sich erst mal«, sagt die Frau in Uniform.

Elsbeth entdeckt uns zuerst und läuft auf uns zu. Sie hat Tränen in den Augen.

Jens steigt aus dem Pick-up.

»Da bist du endlich!«, sagt Elsbeth und streckt die Arme aus.

Jens lässt die Autotür offen und ist nach drei großen Schritten bei ihr. »Hallo, Mama.«

28

Jens lässt sich von seiner Mutter umklammern. Wir bleiben im Auto sitzen. Achim zeigt auf die rote Schrift an der Wand. Nachts hat das gesprayte *NAZI* gar nicht so gewirkt, aber bei Tageslicht sieht es echt anders aus. Also, die Wand ist ja schließlich gelb. Und da fällt die rote Schrift jetzt schon ziemlich auf.

»Wenn wir den Typen finden, dann machen wir den …«, fängt Achim an.

»Fahr los!«, unterbricht ihn Papa.

»Vielleicht war der Typ auch eine Frau«, sage ich.

Achim schaut zu uns nach hinten, und für eine Sekunde sieht es so aus, als wüsste er sehr genau, dass der Graffiti-Künstler keine Frau war.

»Achim! Auf geht's!«, sagt Papa und rutscht auf dem Polster hin und her. »Bevor die Söldner auch noch zu uns kommen.«

Die Söldner? Meint er damit die Polizisten? Und wieso machen die ihn so nervös? Eigentlich müssten sie mich nervös machen.

Achim legt den Rückwärtsgang ein und fährt aus dem Hof. Jens und Elsbeth winken uns kurz zu. Karl redet weiter auf die Beamtin ein. Sie schreibt mit. Also, sie tut zumindest so. Vielleicht löst sie auch nur ein mittelschweres Sudoku.

So lange, bis Karl mit seiner Hassrede fertig ist.

Ich schaue noch einmal zur Hauswand. Der Polizist

ist fertig mit den Fotos. Er hat inzwischen Handschuhe an, bückt sich und packt die zwei Spraydosen in Tüten. Spurensicherung eben.

Aschenbecher und ich sind geliefert.

Achim hält vor Papas Haus, den Motor lässt er an. Ich bereite mich auf einen schnellen Abschied von Maggi vor. Ohne Abschiedskuss und Umarmung. Papa sitzt ja immer noch zwischen uns.

»Worauf wartest du?«

Ich lächele kurz Maggi zu, sie lächelt zurück. Und dann steige ich aus.

In der Küche zieht Papa die Schublade neben dem Spülbecken auf. Er überreicht mir mein Handy. »Bitte schön.«

Bevor ich was fragen kann, geht er mit seinem Laptop raus auf die Terrasse. Er klappt den Rechner auf und tippt los.

Ich setze mich zu ihm an den großen Plastiktisch. »Wieso ist Jens dein Kumpel?«

Papa schüttelt nur den Kopf und zeigt auf mein Handy. Das liegt auf dem Tisch zwischen uns.

Er klappt seinen Laptop zu und geht zum Goldfischteich. Er starrt da eine Minute lang rein und zählt die Fische oder so. Ich lasse mein Handy auf dem Tisch liegen und gehe zu ihm. Inzwischen schaut er in den Himmel. Ein Flugzeug fliegt ein paar Kilometer weit über uns. »Du weißt ja nicht, wie früher der Himmel aussah.«

Ich überlege, was das mit Jens zu tun hat. Vermutlich überhaupt nichts.

»Früher?«, frage ich. »Nee, woher auch.«

»Früher war er ganz blau.«

Ich schaue hoch, alles blau.

»Und jetzt?«, frage ich.

»Siehst du nicht die vielen Kondensstreifen?«

Ich zähle drei. Ein Streifen kommt direkt vom Flieger über uns. »Und?«

»Früher waren die nicht da«, sagt mein Vater.

»Früher sind halt weniger Flugzeuge geflogen. Heute fliegt jeder.« Stimmt eigentlich nicht. Jeder außer mir. Ich saß noch nie in einem Flieger.

»Früher hatten die keinen so langen Rattenschwanz«, sagt mein Vater.

»Da waren die Kondensstreifen kürzer?«, frage ich.

»Natürlich!«, sagt mein Vater »Denn was sind diese weißen Streifen heute?«

»Ich weiß echt nicht, was du von mir hören willst.«

Mein Vater lacht nur und zeigt auf den Flieger über uns. »Das sind Chemtrails.«

»Chemtrails?«

»Chemische Streifen! Kein Kondensat.«

»Was denn für Chemie?«, frage ich.

»Kampfstoffe.«

»Der Flieger dort oben verteilt Kampfstoffe?«

»Barium, Aluminium, Titanium, das sind die Trägermaterialien. Das sind neue Waffensysteme im Nanobereich …«

»Papa, das ist ein Passagierflugzeug!«

Er macht einfach weiter: »... mit hochentwickelten Stoffen, die uns beeinflussen, unser Verhalten ...«

»*Passagierflugzeug*«, wiederhole ich.

»Das soll nur so aussehen. Die perfekte Tarnung«, sagt mein Vater und zeigt auf den Filter im Teich. »Den müssen wir nachher reinigen.«

Von wegen Teich! Ich will beim Himmel bleiben. »Das ist eine Boeing oder ein Airbus oder irgendwas. Alles ganz normal!«

»Nein«, sagt mein Vater. »Chemtrails, gib das ins Internet ein. Da findest du alles darüber. Kann man alles nachlesen.«

Ich hole mein Handy vom Terrassentisch.

»Schau ruhig nach«, sagt mein Vater. »Informiere dich. Gib *Chemtrails* und *Kampfstoffe* ein.«

Schon klar. Ich suche was anderes und finde die Seite nach dreißig Sekunden. »Das da oben ist ein Flieger von TUI. Es ist eine Boeing 737-800. Sie fliegt von Stuttgart über den Schwarzwald zu den Kanarischen Inseln. Die kommen dort in drei Stunden und dreiundvierzig Minuten an.«

Ich strecke meinem Papa das Display entgegen. Er schüttelt den Kopf und schaut nicht mal hin. »Das ist ein Fake.«

»DER FLUG IST EIN FAKE?«, frage ich zu laut. Langsam rege ich mich auf.

»Natürlich.«

»Da sitzen doch Leute drin, die haben Tickets gekauft und so. Die haben ihr Hotel gebucht und alles. Die können kein Fake sein!«

»Alles kann ein Fake sein.«

»So wie die Mondlandung?«, frage ich und denke an Papas Buch.

»Genau.« Mein Vater legt mir seinen Arm auf die Schulter. Das hat er die letzten Tage viel zu selten gemacht. »Das hängt alles miteinander zusammen.«

»Falsche Mondlandung und falsche Flugzeuge?«, frage ich und weiß, wie es weitergeht.

»Und der falsche Staat, in dem wir leben«, sagt mein Vater. »Ja, natürlich. Es sind große Mächte, die das alles lenken. Wir sind nur die Dummen in dem Spiel. Und das eine führt zum anderen.«

Das eine führt zum anderen. Was für ein Quatsch!

Ich meine, bei Game of Thrones führt ja auch die erste Folge zur zweiten, bis wir irgendwann in der letzten Staffel angekommen sind. Bei dem am Set vergessenen Kaffeebecher aus Plastik. Ein riesiges Fantasyreich entsteht. Aber es ist ja trotzdem alles erfunden!

So wie bei Papa.

Ich gehe hoch ins Arbeitszimmer und werfe mich auf die Couch. Ich starre eine Stunde oder so an die Decke. Seitdem wir Jens aus dem Knast abgeholt haben, dreht Papa total am Rad. Ich will nicht wissen, wie es weitergeht mit denen. Ich meine, Jens hat ewig im Knast gesessen! Sein Vater Karl ist offenbar der Dorfnazi. Achim fährt mit alten Kennzeichen herum und lebt mit seiner Familie wie im Mittelalter. Mein Papa redet wirres Zeug von dunklen Mächten und Kampfstoffen. Und dann nennen sie sich auch noch Reichsdeutsche.

Ich will weg! Am besten, bevor das mit den Spraydosen rauskommt. Also quasi jetzt.

Jule kann mich in Stuttgart besuchen. Maggi darf das sicher nicht. Aber nur wegen Maggi bleiben ist auch Quatsch.

Kurz nach sechs fährt der letzte Bus zum Bahnhof, gegen halb acht der Zug nach Stuttgart, immerhin nur dreimal umsteigen. Gegen Mitternacht bin ich zu Hause bei Mum. Und das ist zeitlich perfekt. Da schnarcht ihr Hauke schon besoffen durch die Nacht.

Aber Jule will ich Tschüss sagen. Unbedingt! Ich schreibe ihr eine Nachricht: *Zeit? Muss dich sofort sehen!*

29

Eine Stunde später warte ich auf dem Parkplatz am Feldweg. Das war Jules Idee. Und für mich ist das okay hier draußen. Jeder Ort ist besser als Papas Haus oder Karls Finkenweg oder Achims Wald.

Die Sonne knallt, wir haben mindestens dreißig Grad, und keine Wolke ist am Himmel. Direkter Blick ins All. Nur zwei Kondensstreifen.

Der Rucksack steht fertig gepackt im Arbeitszimmer. Der Schlafsack ist zusammengerollt und obendrauf gebunden. War aber eindeutig zu warm die Tage, eine dünne Decke hätte es auch getan.

Jule bremst ihr Rad viel zu spät ab. Ihr Vorderreifen drückt in meine Wade, bevor ich mich zu ihr umdrehen kann.

»Sorry.« Sie klingt nicht so, als würde es ihr wirklich leidtun.

»Ich hab es überlebt.«

»Hat alles länger gedauert«, sagt sie und klopft auf eine Tasche auf ihrem Rücken.

»So viele Spraydosen?«, frage ich und grinse. Obwohl ich die Sache gar nicht mehr so lustig finde. Okay, ich meine, wir haben ja keine Atombombe über Karls Haus abgeworfen.

Jule klopft noch mal auf die Tasche. »Da ist unser Picknick drin.«

»Perfekt!«, sage ich, Picknick klingt klasse. »Nur …

ich …«, fange ich an, hole tief Luft und bringe es hinter mich. »Mein Bus fährt kurz nach fünf.«

Jule steigt ab, sie schiebt ihr Rad den Feldweg entlang. »Und wohin willst du mit dem Bus?«

»Nach Hause.«

»Wie lange?«

»Für immer«, sage ich. Und weil das ziemlich dramatisch klingt, hänge ich doch noch einen Satz dran: »Also erst mal.«

Jule schiebt weiter. »Du bist also für immer weg erst mal?«

»Genau«, sage ich und kapiere im gleichen Moment, dass sich das ziemlich widerspricht.

»Du bist echt süß«, sagt Jule. Mehr aber auch nicht. Also, sie ist weder sauer auf mich noch enttäuscht noch irgendwas anderes.

Dabei könnte sie umdrehen, einfach davonfahren. Macht sie aber nicht.

Wir verlassen den Feldweg, und Jule zeigt auf eine Stelle, wo uns das Gras mindestens bis zum Bauch reicht. Kaum sind wir dort, lässt sie ihr Rad in die Wiese fallen und nimmt mich an die Hand. Bei mir im Bauch kribbelt es.

Wir laufen ins hohe Gras, bis wir weiter weg sind vom Feldrand. Jule holt eine Decke raus, und wir treten uns eine Fläche platt. Wir setzen uns hin, das Gras reicht uns über die Köpfe. Keiner sieht uns hier.

30

Wir hätten das halbe Dorf versorgen können! Melonenscheiben, gekochte Eier, Laugenstangen mit Butter, Trauben, Cola und Marmorkuchen.

Ich kaue an meinem zweiten Stück, da muss ich Jule endlich fragen. »Wusstest du, dass der Sohn von Karl heute freigekommen ist?«

Jule ist noch bei ihrem ersten Stück. »Das hat sich herumgesprochen. Das wussten alle im Dorf.«

»Und wieso?«

»Erstens, weil es eben Dorf ist.«

»Verstehe.« Ich nehme mir noch ein Stück. »Zweitens?«

»Zweitens, weil alle Karl kennen«, Jule legt ihr Marmorkuchenstück auf die Seite und rückt ein wenig näher zu mir, »und deinen Vater ehrlich gesagt auch.«

»Dorf eben«, sage ich.

»Nein, nicht nur deswegen. Auch weil dein Vater zu hundert Prozent zu denen gehört.«

Ich kaue weiter. Ist ja keine richtige Überraschung für mich. Aber dann verstehe ich endlich, was Jule eigentlich damit sagen will.

»Das heute Nacht mit dem Sprayen war echt ein Test?«

»Irgendwie schon«, sagt Jule ziemlich ernst. »Ich wollte wissen, ob du wie dein Vater tickst.«

»Vielleicht ticke ich so und lüge euch nur an? Vielleicht gehöre ich zu denen?«

Jule schüttelt den Kopf. »Dann würdest du nicht abhauen heute, oder?« Und weil ich nicht antworte, macht sie weiter: »Du hast Schiss vor deinem Vater.«

Ich lasse mich nach hinten fallen und starre in den Himmel.

Jule lässt nicht locker. »Hast du Angst?«

»Glaube schon.«

Weit oben fliegt ein Schwarm riesiger Vögel. Ich kenne mich leider überhaupt nicht aus mit so was. Störche oder Wildenten vielleicht? Kann man doch von hier unten nicht erkennen. Was fliegt denn überhaupt im Sommer? Und wohin?

Jule lässt sich auch nach hinten fallen, und wir liegen eine Ewigkeit so nebeneinander.

Irgendwann führt sie meine Hand auf ihren Bauch, und zwar unter ihr Shirt. Ist nicht sonderlich bequem so zu liegen, aber ich berühre ihren Bauch total gern. Die Haut ist weich und warm. Ich umkreise den Bauchnabel, weil ich nicht weiß, wo Jule die Grenzen zieht.

Und dann setzt sich Jule auf. Sie packt die Dosen und Verpackungen ein. Mein erster Gedanke, ich hab es verkackt. Ich bin zu schüchtern, zu langsam, einfach zu verklemmt. Aber immerhin, ich hatte meine Chance.

Jule holt aus der Tasche eine Flasche Sekt.

»Ich trinke eigentlich nicht …«

Jule hält einen Finger auf meine Lippen, und ich schweige.

Sie zielt mit der Flasche in Richtung Feldweg. Der Korken knallt und saust durch die Luft.

»Der Crémant schmeckt auch warm gut«, sagt Jule und holt zwei Pappbecher raus.

»Creeeemooooo?«, wiederhole ich übertrieben französisch. »Klingt edel.«

»Die Flasche gibt es im Aldi. Ist so was wie Champagner, nur billiger. Meinen Eltern fällt nicht auf, wenn was fehlt.«

Ich muss nicht lange überlegen. Alkohol erinnert mich an Mums Hauke, aber Champagner sicher nicht. Der ist ihm einfach zu teuer. Den kann er nicht literweise in sich reinkippen.

Ich nippe am Becher, und Jule hat recht. Der Crémant ist echt warm, aber auch irgendwie süß. Jule zieht mich zu sich, und wir küssen uns. Kurz muss ich an Maggi und den Eiskuss denken. War das echt heute? Vor wie vielen Stunden?

Egal, es ist ja vorbei mit Maggi.

Und mit Jule eigentlich auch gleich.

Weil der Sommer gleich vorbei ist, also *mein* Sommer.

In zwei Stunden sitze ich im Bus.

Vorbei, vorbei, dann ist alles vorbei.

Wir küssen uns nicht mehr nur auf den Mund. Jule zieht erst mich aus und danach sich. Ich stelle mich ziemlich doof an. Glaube ich zumindest. Weil, so weit ging es noch nie. Also in echt. Pornos kenne ich natürlich. Ich bin ja fünfzehn und keine fünf! Aber das hier ist halt was anderes.

Jule sitzt auf mir, ich streichle ihren Rücken. Sie nimmt meine Hände und hält sie auf ihre Brüste. »Hast du schon mal?«, flüstert sie.

Ich zittere. Das merkt sie natürlich.

»Du zitterst ja total.« Sie streichelt über meine Gänsehaut, und sie versteht, dass das auch eine Antwort auf ihre Frage ist. Natürlich hab ich noch nie!

»Willst du?«, fragt Jule.

Ich nicke nur.

Jule holt aus ihrer kurzen Jeans, die neben uns liegt, ein Kondom.

»Du musst mir was versprechen«, sagt sie.

»Was?«

»Du fährst trotzdem zu deiner Mum nach Hause.«

»Wie jetzt?«

»Du verknallst dich nicht in mich deswegen.«

»Okay«, sage ich nur und muss sofort an John Green denken. Ein Buch von dem haben wir dieses Jahr in der Schule gelesen. Das Ding heißt *Das Schicksal ist ein mieser Verräter.*

Die zwei Verliebten im Buch sagen immer »Okay« zueinander, also Hazel und Augustus.

»Okay«, sagt Hazel, und »Okay« antwortet Augustus. Für die beiden ist das eine Art Code. *Okay* bedeutet so was wie *Wir sind für immer zusammen* oder *Für immer füreinander bestimmt.* Die beiden haben Krebs, und daher ist das ziemlich traurig alles.

Aber Jule ist nicht Hazel, und ich bin nicht Augustus. Und Jule will ja eben nicht ein für *immer*, sondern einfach nur ein für *jetzt und hier.*

»Okay?«, wiederholt Jule fragend.

»Okay«, sage ich.

Jule packt das Kondom aus und sagt was, was eigentlich unmöglich ist, weil, sie kann ja keine Gedanken lesen. »Aber wir sind jetzt nicht bei John Green, okay?«

31

Ewig später liegen wir immer noch auf der Decke. Wir schauen in den blauen Himmel. Ich streichle ihren Bauch, mein Kopf liegt auf ihrem Arm.

»Direkter Blick ins All«, sage ich.

»Quatsch«, sagt Jule. »Solange es blau ist, siehst du kaum was vom All. Wegen der Lichtstreuung.«

»Lichtstreuung?«, frage ich.

»So ist es.«

»Dann halt nicht direkter Blick ins All, sondern direkter Blick in die Lichtstreuung. Klingt aber bescheuert.« Ich suche meine Hose unter dem Kleiderberg, ziehe mein Handy raus und strecke es Jule entgegen. »Also, den Bus schaffe ich nicht mehr.«

»Oje, stimmt«, sagt sie gespielt ernst. »Der ist vor zwei Stunden abgefahren.«

Ich strecke mich und mache die Augen zu. »Es sei denn, wir finden vielleicht im Wald eine Höhle, die Zeitreisen ermöglicht?«

Jule kapiert natürlich die Anspielung auf Dark. »Also, ich bin ganz froh, dass wir bei uns im Wald nicht so eine Höhle haben.«

Ich geb mir selten mehr als drei Folgen von einer Serie. »Endet das alles so schlimm?«

»Sagen wir, Dark ist verdammt verwirrend.«

»Aber wenn ich erst morgen fahre, könnten wir uns noch mal sehen. Oder? Also, auch ohne Zeitreisen.«

Sie sagt nichts, sondern lächelt mich mit den Hammersommersprossen einfach so an.

Als es dämmert, packen wir die Sachen ein und falten die Decke zusammen. Mit dem Rest vom Crémant gieße ich das Feld. Ich schaue hoch in den Himmel. Die ersten Sterne sind zu sehen. Jule umarmt mich von hinten. Sie küsst mich auf den Hals. »Du hast ein schlechtes Gewissen?«

»Wieso?«, frage ich und denke, sie meint wegen eben und wegen Maggi. Aber was weiß Jule davon?

»Na, wegen Karls Hauswand.«

Jule dreht mich zu sich. Ich schaue direkt in ihre dunkelbraunen Augen. »Weißt du, was der für Zeug herumerzählt?«

Ich schüttle den Kopf. Woher auch. »Ich weiß nur von den Kennzeichen vom Deutschen Reich. Die hängen in seiner Werkstatt.«

Jule nimmt ihr Rad und schiebt los. »Meine Mutter hat ihr Auto immer zu Karl gebracht.«

»Und?«, frage ich und schultere ihre Tasche.

»Karl hat sie immer zugelabert. Meine Mutter fährt deswegen schon zu einer anderen Werkstatt. Weil Karl sie so nervt.«

»Und was labert Karl so?«

»Beim Holocaust wurden nicht sechs Millionen Juden ermordet, sondern genau 375 000.«

»Ist der bescheuert? Wie kommt Karl denn auf den Schwachsinn?« Ich übernehme das Lenkrad und schiebe weiter.

»Karl sagt, deswegen gibt es beim Mahnmal in Berlin auch 375 Stelen aus Beton.«

»Das ist sein Beweis?«

»Ja.«

»Verstehe ich nicht.«

Jule nimmt wieder das Lenkrad. »Na, 375 Stelen für 375 000 Juden.«

»Und?«, frage ich.

»Es sind mehr Stelen, und die haben gar keine symbolische Bedeutung.«

»Darf Karl trotzdem so einen Mist erzählen?«

»Denke schon«, sagt Jule. »Solange er es nicht an seine Hauswand sprayt.«

Ich muss schmunzeln. »Da ist sowieso kein Platz mehr.«

Wir kommen beim Feldweg an. Auch hier schieben wir das Rad lieber. Zeit haben wir genug. Der letzte Bus des Tages ist weg, und ich schlafe eben noch eine weitere Nacht bei Papa.

Ich muss an sein Buch denken, die *Enthüllungen*. »Was ist bei Karl mit der Mondlandung?«

»Ist ein Fake«, sagt sie.

Ich verstehe, wieso Papa bei Karl Stammgast ist.

»Und weiter?«, frage ich.

»Den 11. September gibt es bei Karl nicht.«

»Keine Terroristen, die in Hochhäuser fliegen?«

»Bei ihm waren es Raketen vom CIA und eine gezielte Sprengung.«

Ich schüttele den Kopf und kicke einen Stein vom Feldweg.

»Was ist mit Aliens?«, frage ich und denke wieder an Papas Buch.

»Laut Karl reisen Außerirdische durch Wurmlöcher am Nordpol und Südpol hin und her. Von ihren Galaxien zu uns und zurück.«

Ich muss lachen. »Und die Erde ist eine Scheibe.«

Jule findet es nicht witzig. »Nee, daran glaubt Karl nicht. Keine Scheibe, er glaubt an die Hohlwelt.«

»Noch nie gehört.«

»Unter dem Erdboden existiert bei Karl eine zweite Welt.«

»In unserer Welt ist eine andere?«, frage ich. »Muss aber ziemlich heiß sein bei denen. Von wegen Erdkern und so.«

»Karl ist in Geologie nicht so der Held.«

Wir sind beim Parkplatz am Feldweg. Zwei Leute mit einem schwarzen Cockerspaniel stehen am Feldrand. Die hab ich noch nie im Dorf gesehen, aber wen kenne ich hier schon?

»Wie kommt man denn da rein in Karls Hohlwelt?«, frage ich.

»Der Eingang ist beim Südpol oder beim Nordpol.«

»Waren da nicht auch die Wurmlöcher der Aliens?«

»Das wundert *dich* vielleicht«, sagt Jule. »Karl stört das überhaupt nicht.«

32

Wir gehen mit dem Rad am Finkenweg vorbei, und ich sehe Karls Hauswand. Mein *NAZI* ist zwar übermalt, aber es schimmert ein wenig Rot durch die gelbe Farbe.

Die Einfahrt ist leer. Vermutlich sitzt Jens hinten im Garten bei seinen Eltern. Bestimmt essen sie so spät noch Maultaschen, und er erzählt von den letzten Jahren. Obwohl, Karl und Elsbeth werden ihn im Knast besucht haben.

Ich rede leiser als vorher. Auch wenn die uns unmöglich hören können. »Wieso lebt Jens noch bei seinen Eltern? Der ist doch längst vierzig.«

»Der hat hier mit seiner Frau gewohnt«, sagt Jule. »In den oberen zwei Etagen.«

»Also Exfrau?«

»Ja, sie hat sich von ihm getrennt.«

Jule schiebt das Rad weiter und biegt beim Storchenweg ab. Reihenhäuser, so weit das Auge reicht. Na ja, es ist ja auch ziemlich dunkel inzwischen. Aber so zehn Hauseingänge erkenne ich auf jeder Seite.

Die Gebäude sehen alle aus wie geklont. Als hätte sie eine riesige Paketdrohne geliefert. Nur die Autos davor sehen anders aus.

»Nummer zwölf«, sagt Jule.

Hätte sie nicht sagen müssen. Der Wartburg von Aschenbecher parkt schräg auf dem Bordstein vor dem

Haus. Als bräuchte die Kiste mehr Platz als die ganzen Combis und SUVs hier.

Jule schließt die Haustür auf.

»Du hast den Schlüssel von Aschenbechers Wohnung?«

»Transformers bitte«, sagt Jule und grinst.

»Sorry.« Ich will sie küssen.

Sie weicht zurück und schüttelt kurz den Kopf. »Ich wohne hier. Und meine Mutter ist zu Hause.«

Bei der Betonung ist klar, wieso nicht rumgeknutscht wird vor der Haustür.

»Ach so, Aschenbecher besucht deine Schwester«, sage ich.

Jule grinst schon wieder. »Du bist wirklich ein ganz Schlauer.«

Wir gehen ins Haus.

»JULE?«, ruft jemand. Das kann von der Stimme her nur ihre Mum sein. Und schon steht sie vor uns.

Sie hat Sommersprossen wie Jessy und wie Jule, was ja kein großes Wunder ist. Sie bleibt vor uns stehen. »Ohhh! Wen haben wir denn da?«

Ich reibe mir die verschwitzten Finger an der Hose trocken. Wäre aber gar nicht nötig gewesen, Jules Mum nickt mir nur mit einem breiten Lächeln zu, und ich nicke zurück.

»Das ist Juri«, sagt Jule. »Er lebt in Stuttgart, ist zu Besuch in der Gegend. Wir zeigen ihm alles. Er war auch schon am See dabei. Und jetzt gehen wir kurz hoch. Bis nachher!«

Jule rattert den Text runter. Sie hat offenbar Angst,

ihre Mum könnte sonst weitere Fragen stellen. Und während Jule redet, hält sie meinen Arm fest und zieht mich hinter sich her.

»Und bei wem wohnst du?«, fragt mich ihre Mum, obwohl wir schon fast bei der Treppe sind.

»Bei meinem Vater. Der wohnt …«, fange ich an.

Jule zieht weiter an mir. »Wir gehen hoch.«

»Schooooon gut«, sagt ihre Mum.

Die nimmt es offenbar locker. Sie ist nicht eingeschnappt oder so. Aber sie hält ein Handy hoch. »Da will dich seit heute Nachmittag dringend jemand erreichen. So etwa zwei Millionen Anrufe in Abwesenheit.«

Jule lässt mich los und springt die Stufen runter. Vier auf einmal. Ihre Hand hinterlässt auf meinem Arm einen roten Abdruck.

Ihre Mutter lacht. »Das müssen wir Spiegel online melden. *Siebzehnjährige überlebt einen halben Tag ohne Handy!*«

Wenn sie wüsste, wie oft ich bei meinem Vater das Ding ausschalten muss.

»Mama!«, sagt Jule und reißt ihr das Handy fast aus der Hand. Sie dreht sich zu mir um. »Geh schon hoch, zweite Tür links. Ich komme gleich.«

Wie sieht Jules Zimmer wohl aus? Bei Diesel-Nora durfte ich einmal mitkommen. Zur Geburtstagsfeier. Da haben die Eltern eine Ausnahme gemacht, und Jungs waren erlaubt. Bei Nora lagen überall Bücher herum. Sie liest irgendwie drei Bücher die Woche gleichzeitig. Das konnte ja nicht gutgehen mit uns.

Ich habe nur eine uralte Comicsammlung aus Familienbesitz. Von irgendeinem Onkel, der mit seiner

Familie ausgewandert ist. Bei mir stehen im Buchregal Yoko Tsuno, Tim und Struppi, Blake und Mortimer, Lucky Luke und ein paar Asterixbände. Nichts, womit man bei Diesel-Nora punkten könnte.

Bei ihr hingen im Zimmer überall Plakate. Aber jetzt nicht einfach Justin Bieber am Strand. Bei Nora waren alle Plakate immer überklebt mit anderen Plakaten: Justins Kopf auf dem Körper von Wonder Woman mit den Flügeln vom Eisdrachen. Also, mich hat ihr Zimmer voll eingeschüchtert. Sie war einfach zu kreativ für mich.

Bei Jule hängt ein rotes Schild an der Türklinke: *Please do not disturb. Bitte nicht stören. Prière de ne pas déranger.*

Aber sie ist ja unten am Handy!

Ich mache die Tür auf, im gleichen Moment schreit mir Aschenbecher entgegen: »AHHHHH!«

Er liegt im Zimmer auf einem Badetuch und trägt nur eine gelbe Unterhose. Jessy sitzt auf seinem Rücken mit dem Gesicht zu mir. An ihren Händen klebt so eine goldene, glibbrige Masse. Sie reibt Aschenbechers Rücken damit ein. Dann zieht sie das Zeug ab, als wäre es ein handgroßes Pflaster.

»AHHHHHH!«, schreit Aschenbecher schon wieder.

Ich mache einen Schritt zurück. Falsche Tür. Ganz einfach. »Sorry, ich äh … also … zweite Tür rechts hat Jule gesagt.«

»Da bist du genau richtig«, strahlt Jessy, »herzlich willkommen!«. Sie zeigt auf ihr Bett. »Mach es dir bequem.«

Ich überlege erst mal, wieso ich nicht in Jules Zimmer sollte, sondern zu Jessy und Aschenbecher. »Ich kann wirklich auch später wieder …«

»Bleib einfach hier«, sagt Jessy.

»Können wir wenigstens Eintritt verlangen?«, fragt Aschenbecher.

»Still!«, sagt Jessy, reibt wieder die Masse auf seine Haut und reißt daran, als wäre Aschenbecher ein Schreibblock.

»AHHHHHH!«

»Muss man bei Waxing so schnell reißen?«, frage ich.

Aschenbecher schaut zu mir aufs Bett. »Das ist mal eine gute Frage. Die stelle ich mir seit einer Stunde.«

»Das ist nicht Waxing«, sagt Jessy. »Wir machen Sugaring!«

Und ratsch, wieder ist ein Stückchen von Aschenbechers Haut haarfrei.

»Willst du nachher auch?«

»Ich hab da keine Haare.«

Jessy zeigt auf meine Beine. »Und dort?«

»Die bleiben dran!«

Mir ist das super unangenehm. Weil, Aschenbecher leidet ja furchtbar. Und irgendwie ist das hier sein privates Ding. Sein Rücken ist knallrot.

»Ich brauche eine Pause«, sagt Aschenbecher und robbt nach vorn. Er setzt sich zu mir, und Jessy quetscht sich zwischen uns. Wir sitzen zu dritt auf dem Bett: Aschenbecher in Unterhosen, Jessy mit dem Sugaring-Glibber an den Händen und ich.

»Wie oft muss man das machen?«, frage ich.

Aschenbecher faltet die Hände zum Gebet. »Können wir bitte, bitte, bitte über was anderes reden.«

»Klar«, sage ich. »Ist aber wirklich was *ganz* anderes.«

»Super«, sagt Aschenbecher. Seine Hände sind auf Jessys Knien.

»Jule wollte mir vorher sagen, wieso Jens im Knast war.«

»Was hat sie dir schon gesagt?«, fragt Aschenbecher.

»Nichts. Sie muss erst zwei Millionen Anrufe beantworten.«

»Das *muss* sie wirklich«, sagt Jessy.

Kapiere ich nicht, aber egal.

Aschenbecher knetet die Hände und lässt seine Finger knirschen. »Dann stelle ich dir jetzt Jens vor.«

33

»Also, erst mal Diebstahl«, sagt Aschenbecher. »Dann kamen die harten Sachen.«

»Mir reicht eine Zusammenfassung«, sage ich. So genau will ich gar nicht wissen, mit wem mein Vater befreundet ist. Echt nicht.

»Schwere Körperverletzung, Landfriedensbruch ...«

»Landfriedensbruch?«, frage ich.

»Glaube, der hat bei einer Demo Polizisten angegriffen«, sagt Jessy. Sie streckt uns die Glibberhände entgegen. »Ich will damit weitermachen!«

Aschenbecher nicht. »Dazu Sachbeschädigung. Und Waffen haben die bei ihm auch mal gefunden.«

Ich sehe Jens, wie er vorne in Achims Auto sitz. Maggi, ich und Papa hinten drin. Maggi überreicht Jens den Schokotraum. *Hallo Kinder!*, sagt er grinsend und löffelt den Schokotraum weg.

»Und das mit der Rohrbombe«, sagt Jessy.

»Rohrbombe?«, frage ich.

»Deswegen der Knast«, sagt Aschenbecher.

»Tote?«, frage ich.

»Zig Verletzte. Sollen wir da hinfahren? Das Flüchtlingsheim steht noch.«

»Nee, Danke.« Ich bin erst mal fertig mit der Welt. Mein Vater hat einen Schwerverbrecher vom Knast abgeholt. Und ich saß mit dem im Auto.

Aschenbecher lässt seinen Kopf langsam kreisen, und es knackt. »Na toll. Scheiß Sugaring. Jetzt bin ich total verspannt.«

»Jammerlappen«, sagt Jessy.

Er legt sich wieder auf den Bauch. Jessy setzt sich auf ihn und reißt mit dem glibberigen Zeug an ihm herum, bis er jault.

Ich lasse Spotify entscheiden, und wir hören Musik. Und irgendwann fragt mich Jessy was, ohne aufzuschauen: »Wie war's bei euch heute?«

»Bei uns?«

»Du warst doch mit meiner Schwester unterwegs.«

»Unterwegs. Ach so … klar.«

»Und weiter?«, fragt Jessy.

»Wie weiter? Jule und ich waren halt unterwegs … so draußen … also Richtung Wald und so, war ja extrem heiß heute. Aber, war schön. Doch … echt.«

Jessy schaut mich immer noch nicht an, sie ist ins Sugaring vertieft. »Jule hat dich entjungfert, oder?«

Ich verschlucke mich an meiner Spucke und muss husten.

»Hey Bro, die zwei Schwestern sind nicht sonderlich diskret«, sagt Aschenbecher.

»Und?«, fragt Jessy. »Ja oder nein?«

»Ja«, sage ich, und mehr erzähle ich sicher nicht.

»Schön«, sagt sie strahlend. »Hat alles geklappt?«

»Ähm …«

»Ist besser, wenn einer schon Erfahrung hat«, sagt Jessy und reibt die Masse großzügiger als vorher auf Aschenbechers Rücken.

Ich zähle die bunten Kästchen auf der Bettwäsche. Jetzt bloß keinen anschauen.

»Könnten wir endlich fertig werden?«, fragt Aschenbecher.

Jessy macht ratsch und Aschenbecher »AHHHHH!«.

Da kommt Jule rein.

»Wir haben gerade über euch gesprochen!«, sagt Jessy.

Jule macht die Tür zu, setzt sich zu mir aufs Bett und küsst mich, als hätten wir uns seit Jahren nicht gesehen. Aber ich war nicht im Knast, und irgendwie ist mir das gerade alles zu viel.

»Wir haben Juri über Nazi-Jens aufgeklärt«, sagt Jessy, und dann: »Wie geht's Leon?«

Leon? Den kenne ich nicht. Also, ich würde nicht alle Namen von den Leuten auf der Insel zusammenbekommen. Leon war aber nicht dabei. Definitiv. Und von denen würde ja auch keiner zwei Millionen Mal anrufen. Der würde irgendwann einfach an der Tür klingeln.

Jule sagt nichts. Sie will ihre Schwester mit einem Blick weglasern. Funktioniert aber nicht.

»Ups …«, sagt Jessy und schmollt. »Juri weiß gar nichts von Leon?«

Ich schaue zu Jessy, dann wieder zu Jule. Erst mal sagt keiner was. Aschenbecher schweigt auch. Der freut sich vermutlich einfach über die Sugaring-Pause.

»Komm mal bitte mit«, sagt Jule.

Ich folge ihr aus der Folterkammer in den Flur.

34

»Leon?«, frage ich.

»Der macht ein Highschool-Jahr in Ada.«

»Ada?«

»Das ist ein Kaff in Michigan.«

»Also, keine Weltstadt wie hier, meinst du.«

Sie schaut, ob ihre Mum in der Nähe ist, und will mich küssen. Ich mache erst mal einen Schritt zurück.

»Bist du jetzt sauer auf mich?«

Dazu sage ich nichts, aber ich muss super enttäuscht dreinschauen. Und ich dachte, ich muss wegen Maggi ein schlechtes Gewissen haben!

»Hey!«, sagt Jule und kneift mich in den Bauch. »Du hast mir heute was versprochen!«

»Hä?«

»Nicht in mich verlieben.«

Sie zeigt mir ihr Zimmer. Wir setzen uns auf den Teppich, und dort ist mir auch klar, warum ich vorher in Jessys Zimmer sollte und nicht hierher. Also in Jules Zimmer.

Eine Wandseite ist komplett zugeklebt mit Leon. Wer soll das bitte sonst sein?

Leon und Jule auf dem Weg zum See und der Insel.

Leon und Jule am Seeufer.

Leon und Jule im See.

Leon und Jule auf der Seeinsel.

Und Selfies von Partys und so.

Ich schaue lieber gar nicht mehr hin. Gut fühlt sich das hier nicht an. Das ist kein Zimmer, das ist eine Leon-Gedenk-Halle!

Beim nächsten Kuss lasse ich die Augen offen und blicke an Jule vorbei direkt in Leons Gesicht. Jetzt nicht absichtlich. Aber im Zimmer glotzen mich schließlich hundert Leon-Augen an.

Es könnten auch hundert Maggi-Augen sein.

Mein Handy klingelt.

Papa!

Es ist weit nach elf. Egal, was er will, Sorgen macht der sich nicht um mich. Und falls doch, wäre das eine neue Seite an ihm.

»Papa?«

»Wo bist du?«

Er klingt alles andere als gutgelaunt. Im Hintergrund höre ich Stimmen. Ich meine, Achim herauszuhören, aber da sind noch mehr.

»Ich bin bei Freunden«, sage ich.

»Freunde? Und wer ist das?«

Die echten Namen sage ich ihm bestimmt nicht. Wer Rohrbomben-Jens kennt, soll nicht meine Freunde kennen.

Ich drücke das Handy gegen mein Shirt und frage Jule flüsternd: »Wer spielt hier Fußball?«

»Fußball? Was soll das?«, fragt sie leise zurück.

»Ihr habt doch einen Verein hier oder so. Bitte! Komm schon!«

»Mhm … Moritz und Bilal … da bin ich mir sicher. Ist aber ein bisschen spät für Fußball!«

Ich spreche wieder ins Handy. »Papa? Sorry. Schlechter Empfang.«

»Ich weiß«, sagt er. »Bin bei Achim draußen. Und? Mit wem bist du unterwegs?«

»Moritz und Bilal. Wir spielen Fußball.«

»Ist ein bisschen spät für Fußball«, sagt Papa.

Ich denke an Jules Einwand. Das nächste Mal gebe ich das Handy gleich an sie. Dann kann *sie* mein Alibi erfinden.

»Und, wo seid ihr?«, fragt Papa.

»Auf einer Straße, bei dir zu Hause um die Ecke.«

»Gut. Ich fahre gleich los und hole dich ab«, sagt Papa. »Wir brauchen dich hier.«

»Bei Achim im Wald?«

»WAS LABERT IHR DA EWIG?«, schreit einer bei Papa. Und nach zwei Sekunden hat mein Gehirn die Stimme zugeordnet. Das war Rohrbomben-Jens.

»Wir treffen uns in fünfzehn Minuten bei mir!«, sagt Papa.

»Aber …«

Er legt auf, und das war's.

Irgendwie sehe ich nur zwei Möglichkeiten: Bei Jule schlafen und morgen mit dem ersten Bus abhauen. Oder mit Papa zu Rohrbomben-Jens und Achim in den Wald fahren. Aber da bekommt mich keiner mehr hin. Niemals.

»Kann ich bei dir schlafen?«

Jule schaut ziemlich besorgt. »Was ist los?«
»Kann ich oder kann ich nicht?«
»Klar. Offiziell aber unten auf dem Sofa.«
»Bin gleich wieder da! Ich brauche dein Rad.«
»Du weißt ja, wo es steht.«
Ich renne los, nehme bei der Treppe vier Stufen auf einmal und stolpere aus dem Haus. Weil, meinen Rucksack mit Geldbeutel und allem brauche ich. Und der liegt ja neben der Couch im Arbeitszimmer, zum Glück schon gepackt.

35

Ich schließe die Tür auf und stürme die Treppe hoch. Der Schlafsack hängt viel zu locker auf dem Rucksack. Ich muss ihn schnell noch einmal zusammenrollen.

Ich schaue zum Regal, zu den beschrifteten Kartons. Die Versuchung ist zu groß. Ich nehme mir den obersten und ziehe einen Brief raus. Ein Schreiben von der Polizeidirektion an meinen Vater, ungeöffnet wie alle Briefe dort drin.

Ich will endlich wissen, was das soll, und stecke den Brief in meine Hosentasche. Mit dem Rucksack auf dem Rücken laufe ich los. Aber bevor ich die Tür aufmachen kann, dreht sich ein Schlüssel im Schloss, und Papa steht vor mir. Neben ihm grinst mich Rohrbomben-Jens an.

»Super«, sagt Papa zu mir. »Du hast schon gepackt. Dann können wir gleich los.«

Er dreht sich zu Jens. »Eine Kiste haben wir vorher nicht geschafft. Holst du die?«

»Mache ich«, sagt Jens, drückt sich mit seinen breiten Schultern an mir vorbei und verschwindet im Keller.

Papa bleibt in der Tür stehen. »Wieso schaust du so?«

»Wegen Bilal und … äh …«

»… Moritz«, sagt mein Vater. Er sieht nicht so aus, als würde er mir das Fußballmärchen abnehmen. »Was ist mit denen?«

»Ich würde irgendwie lieber hierbleiben.«

Papa zieht mir den Rucksack von der Schulter und geht zum Škoda. »Wir kommen ja wieder. Die Ferien sind lang. Du kannst noch genug Fußball spielen.«

»Was machen wir bei Achim?«, frage ich.

»Wir grillen«, antwortet Jens hinter mir.

»Um die Uhrzeit?«

Jens hat sich eine Kellerkiste auf die Schultern gestemmt. Bei der Tür muss er sich kurz bücken.

»Was ist damit?«, fragt Papa und zeigt zu Jules Rad.

»Hat mir Moritz geliehen.«

»Aber sicher«, sagt Papa und knallt die Škodatür zu. Der Motor brummt, Jens setzt sich vorne neben ihn.

Ich könnte loslaufen, einfach weg. Also, rennen kann ich vielleicht schneller als die. Zu Jule zum Beispiel. Aber was denken die dann? Die kapieren doch, dass ich endgültig weg will. Und ich denke mal, das findet mein Vater nicht so gut. Mein Rucksack ist auch schon im Auto. Und mit dem Auto sind sie schneller als ich zu Fuß.

Wir fahren den Feldweg entlang. Ich darf offenbar nicht ans Steuer. Umso besser. Ich sitze hinten und hole mein Handy raus. Jule muss wissen, was los ist, wieso ich nicht zu ihr zurückkomme.

»Nicht hier«, sagt Jens.

Er streckt mir vom Beifahrersitz die Hand entgegen. Der hat genauso eine Handy-Paranoia wie mein Vater.

Ich stecke mein Handy ein. »Schon gut, schon gut.«

»GIB ES MIR!«, schreit Jens. Seine Spucke landet auf meinem Gesicht.

Papa schaut mich durch den Rückspiegel an. Ich drücke Jens das Handy in die Hand. Er holt aus dem Handschuhfach einen kleinen Metallkasten heraus und legt mein Handy zu zwei anderen Telefonen.

Im alten Gutshof brennt kein Licht mehr. Es ist ja auch schon verdammt spät. Mein Vater parkt neben dem Schweinestall, und unser Scheinwerfer strahlt direkt auf die Holzbank. Achim sitzt dort und zieht an einer Pfeife. Neben ihm sitzt Heinrich, und er winkt mir zu. Kurt, die Zwillinge und Hanna dürfen offenbar schlafen.

»Müde?«, fragt Achim.

»Ziemlich.«

»Geschlafen wird morgen«, sagt Jens.

Achim geht ein paar Schritte auf mich zu. »Zum Bunker können wir tagsüber nichts bringen.«

Der Bunker also. Das mit dem Grillen hab ich sowieso nicht geglaubt.

Erst laden wir zusammen den Pick-up voll – Achim hat ewig viel Kram in der Garage gelagert. Dann fahren wir zu fünft zum Waldsee. Achim baut so eine Art Trage für Heinrich und mich: Er spannt ein Tuch zwischen zwei Holzstangen. Darauf knoten wir mit Seilen die Kisten fest und marschieren los.

Papa und Achim gehen vor, mit Rucksäcken bepackt. Jens bleibt die ganze Zeit hinter uns. Als wären wir die Sklaven und er der Aufpasser. Einziger Unterschied: Er trägt selbst die schwersten Sachen. Das haben echte Sklavenhalter sicher nie gemacht.

Auf das Nachtsichtgerät verzichte ich, damit schwitze ich nur noch mehr. Und Heinrich läuft sowieso voraus. Der würde den Weg wahrscheinlich auch mit verbundenen Augen finden.

Wir reden nicht viel. Wir schwitzen und schleppen und schweigen.

Vor einer Stunde oder so saß ich bei Jule auf dem Teppich. Mitten in ihrer Leon-Gedenk-Halle. Was macht sie jetzt? Die fünfzehn Minuten sind längst vorbei. Und ich bin nicht zurückgekommen. Jule ist ja schlau, die sieht, dass da was nicht stimmt. Wie oft hat sie schon versucht, mich anzurufen? Oder denkt sie, ich hätte es mir anders überlegt, und ist eingeschlafen?

Und wieso müssen wir ausgerechnet heute am Bunker arbeiten? Wieso machen die alle so einen Stress?

Wir erreichen den Steinbruch und gehen an der Höhle vorbei zum Bunkerloch.

Achim steht da und wartet. Papa klopft auf die Kisten auf unserer Trage. »Achim und ich schleppen alles runter und bauen die Sachen auf.«

»Und wir?«, frage ich.

Jens kommt schnaufend bei uns an. »Ihr holt mit mir die nächste Ladung.«

Jens, Heinrich und ich gehen wieder zum Waldsee und fahren mit dem leeren Pick-up zum Gutshof. Am Fenster in der oberen Etage sehe ich eine Person. Eine weißgekleidete Gestalt, sonst ist alles dunkel. Von der Größe her vermutlich Maggi oder ihre Schwester oder Kurt.

Ich winke, und die Gestalt huscht hinter den Vorhang.

Jens und Heinrich sind verschwunden. Wenn sie Hilfe brauchen, rufen sie bestimmt. Ich setze mich auf die Eingangstreppe und schaue in den Himmel. Nichts ist zu sehen. Alles dunkel da oben.

Jemand klopft leicht auf meine Schulter, und ich schrecke hoch. Hanna steht im Nachthemd hinter mir.

»Entschuldige«, flüstert Hanna. »Ich wollte dich nicht erschrecken.«

»WAS IST LOS?«, ruft Jens. Er rollt mit Heinrich ein blaues Fass zum Pick-up.

»Dreyer junior war vorhin da. Er hat nach Juri gefragt.«

»WER?«, schreit Jens.

»Dreyer junior«, sagt Hanna.

»Wer ist denn Dreyer junior?«, frage ich.

»Einer von den Dorfzecken«, sagt Heinrich.

»Ein Linksparasit«, sagt Jens. »Was hast du mit dem Dreyer zu schaffen?«

»Dreyer? Nie gehört.« Und das ist nicht mal gelogen.

»Der spioniert vielleicht nur wieder herum«, sagt Hanna. »Ich muss zu den Kindern hoch. Sie sind alle wach geworden. Der hat Sturm geklingelt.«

»Was hast du ihm gesagt?«, fragt Jens.

»Dass das ein Privatgrundstück ist.«

»Wenn der noch mal hierherkommt«, sagt Jens, »fackele ich seinen scheiß Trabi ab!«

Trabi?, denke ich, das ist ein Wartburg!

Immerhin kenne ich nun Aschenbechers Nachnamen. Und Jule ist auch nicht einfach eingeschlafen. Bringt mir aber nicht wirklich was. Weil, die können mich hier nicht rausholen.

Ich schaue zu Jens. Sein Gesicht ist eine Fratze. Der ist stinksauer wegen Aschenbecher und so. Das mit dem Auto abfackeln meint der total ernst.

Und ich weiß nicht, warum das bei mir so lange gedauert hat. Vielleicht die Müdigkeit. Auf jeden Fall hab ich erst jetzt so richtig Schiss.

36

Nach weiteren zwei Stunden kündigt Jens die letzte Ladung an. »Für heute«, sagt er.

Das ist mir egal. Morgen Nacht bin ich nicht mehr da. Ich haue ab, sobald es möglich ist.

Heinrich und ich ziehen ein Fass auf einer Sackkarre zum Steinbruch. Ein paar Meter neben dem Bunker sitzen Papa und Achim. Vor ihnen leuchtet etwas aus der Erde, und beim Knistern ist klar, was da los ist. Wir grillen also doch.

»Wieso habt ihr das Feuer in so einem Loch gemacht?«, frage ich.

»Grubenfeuer«, sagt Achim. »Sieht keiner so schnell.«

»Leider müssen Männer nach der Schule nicht mehr zur Armee«, sagt Papa. »Da lernt man so was.«

Schon klar, denke ich. Ist ja wieder super logisch. Es braucht eine ganze Armee, damit ich lerne, wie ich in einem Loch Feuer mache. Hätte mir mein Vater auch beibringen können. Wenn er da gewesen wäre. Also, zur Armee will ich nicht, aber einen Vater hätte ich gern gehabt.

Achim packt riesige Fleischstücke aus einem Rucksack. Sieht aus, als hätte er einen Dinosaurier geschlachtet. Wir sitzen im Kreis, Achim würzt das Fleisch und legt es auf einen Rost über die Glut.

Endlich essen, denke ich, dann lasse ich mich nach hinten fallen und schlafe sofort ein.

Als ich aufwache, ist es immer noch dunkel.

Neben mir liegt ein Teller mit Knochen und Knorpelstücken.

Das Essen hab ich verpennt, ich bleibe liegen und mache die Augen wieder zu. Papa hat einen Laberflash: »… also, wählen gehe ich nicht …«

Klar, denke ich, für dich gibt es ja auch kein Land. Deutschland ist für dich eine Firma.

»… hab trotzdem gespendet …«

»Wie viel?«, fragt Jens.

»250 Euro, mehr geht gerade nicht. Der Bunker und all das Zeug waren schweineteuer.«

»250 Euro. Ist doch gut«, sagt Jens. »Das hilft denen auch.«

»Genau das hat Karl gesagt.«

»Siehste.«

»Und weißt du, was ich dazugeschrieben hab, bei der Überweisung?«, fragt Papa.

»*Zum Wohl?*«, sagt Jens

Mein Vater lacht natürlich nicht. »Ich hab geschrieben: *Gott segne euch!*«

»Stark«, sagt Achim.

»Die Partei ist zwar auch fremdgesteuert, aber die sagt, was Sache ist. Die räumt bald auf!«

»Aufräumen reicht aber nicht«, sagt Jens. »Säuberungen!«

Papa schaut zu mir. Ich spiele noch immer schlafender Juri. Aber wieso sind sie alle leiser geworden?

Achim und Heinrich verabschieden sich, eine Viertelstunde ist Ruhe.

»Weck ihn mal«, sagt Jens. »Dein Sohn muss auch was essen.«

Papa rüttelt an mir. »Wie magst du dein Steak? Blutig oder steinhart oder was dazwischen?«

Ich gähne erst mal. »Blutig muss nicht sein.«

Papa legt ein halbes Kilo Fleisch auf den Rost.

Jens kippt Bier über das Fleisch, und es zischt.

»Muss das sein?«, frage ich.

»Muss sein«, sagt er. Und wer würde Rohrbomben-Jens nachts im Wald widersprechen?

Das Steak ist fertig. Papa reicht mir einen Teller und Besteck. Wir haben in den letzten Stunden eine halbe Küche hierhergetragen. Pfannen, riesige Töpfe, Tassen und alles.

Mein Teller ist nach fünf Minuten leer. Ich stehe auf, strecke mich in alle Richtungen und freue mich auf ein richtiges Bett oder ein richtiges Sofa.

Beim Steinbruch stehen die Bäume nicht so dicht beieinander. Ich kann die Sterne sehen. Direkter Blick ins All. Dagegen könnte selbst Jule nichts einwenden. Von wegen Lichtstreuung und so. Über uns sind Milliarden Sterne und Milliarden Galaxien. Und was macht mein Vater? Der baut einen Bunker. Der schaut nicht einmal hoch.

»Wollen wir los?«, frage ich.

»Wohin?«, fragt Papa.

»Nach Hause. Schlafen.«

Papa zeigt zum Bunkerloch. »Wir beide schlafen hier.«

»Im Bunker?«, frage ich und muss ziemlich entsetzt klingen. Und das bin ich auch. Wie soll ich denn morgen zum Bus kommen? Von wegen heimlich abhauen und so.

Papa schaut mich besorgt an. Der kapiert natürlich nicht, was ich vorhabe. »Im Bunker da unten ist es doch schön kühl.«

»So warm ist es hier oben auch nicht.«

Papa legt die Teller und das Besteck in eine Plastikschüssel. Aus einem Kanister zapft er Wasser. Er sucht etwas in einem Beutel und wirft ihn auf den Boden. »Ich muss in den Bunker, Seife holen.«

Papa ist im Loch verschwunden.

Ich bleibe unschlüssig stehen. Und dann sehe ich auf dem Boden etwas Weißes liegen. Jens sieht es auch. Er hebt es auf und wedelt damit vor meinem Gesicht herum. »Was ist das denn?«

Er hört auf zu wedeln, und ich erkenne den Briefumschlag. Den von der Polizei an Papa. Er muss mir aus der Hose gerutscht sein.

Scheiße.

Jens nimmt sich eine Taschenlampe und leuchtet den Umschlag an. »Wieso hast du den?« Er klingt gereizt.

»WO IST SEIFE?«, ruft Papa von unten.

»KEINE AHNUNG!«, antwortet Jens.

Er packt mich an den Haaren und zieht meinen Kopf nach hinten, ich falle auf die Knie. Es tut verdammt weh.

»Nicht rumschnüffeln, Kleiner! Kapiert?«

»HAB SIE!«, ruft Papa.

»Kapiert«, krächze ich, weil, es schmerzt wirklich.

Papa steht mit der Seife in der Hand neben uns. »Hey! Was ist hier los?«

Jens hat meine Haare mit der einen Hand immer noch fest gepackt. Mit der anderen hält er Papa den Umschlag hin. »Der Hosenscheißer hat dir was gestohlen.«

Mein Vater schaut sich den Umschlag an. »Das regle ich.«

Jens stößt meinen Kopf nach vorn. Hat der jetzt Haare von mir zwischen den Fingern?

Papa beugt sich zu mir. Er rollt den Umschlag zusammen, holt aus und knallt ihn mir ins Gesicht. Das zieht höllisch.

Ich schreie auf.

»Psssst, Kleiner«, sagt Jens und grinst.

Papa wirft den Brief in die Glut. Der Umschlag fängt sofort Feuer und wird zu Asche. Papa flüstert mir ins Ohr: »Noch so ein Ding, und ich mache dich einen Kopf kürzer.«

37

Papa kippt das Spülwasser über die Glut, und es dampft. Jens schaufelt Erde darüber, trampelt sie fest. Dann macht er noch mal Erde drauf und verteilt überall abgebrochene Äste und verrottete Blätter. Ich sitze einfach nur da und starre in den Wald. Das Gesicht tut nicht mehr weh, aber der Kopf brummt. Mein Vater hat mich geschlagen. Was kommt als Nächstes?

»Es wird hell«, sagt Papa. »Wir müssen runter.«

»In den Bunker?«, frage ich. Da will ich bestimmt nicht hin. Ich stehe auf und schaue mich im Wald um. Ich kann nicht abhauen von hier.

»Los jetzt!«, sagt Jens und schubst mich zur Leiter am Bunkereingang.

Der Bunker ist vollgestellt. Ich klettere über ein Fass, stolpere über eine Schachtel und lande in einem Lager aus Batterien in Zehnerpackungen. Batterien für Taschenlampen, für das Radio, für das Nachtsichtgerät und für was weiß ich noch alles.

Auf den Feldbetten liegen runde, olivgrüne Säcke.

Schlafsäcke.

Endlich!

Ich werfe mich auf ein Feldbett, und Papa legt sich in das daneben. Ich bin froh, dass ich nicht Jens als Nachbarn habe. Von dem fehlt jede Spur.

»Gute Nacht!«, sagt Papa so, als hätte er mich oben nicht geschlagen. Als wäre nichts passiert.

»Ich mache oben dicht!«, ruft Jens. Ist der in der Öffnung stecken geblieben mit seinen breiten Schultern? Der muss ja noch auf der Leiter stehen.

Der Deckel vom Eingang knallt zu, und es ist dunkel. Jens steigt die Sprossen nicht runter. Er stolpert auch über nichts. Er macht einfach kein Geräusch. Schläft der auf der Leiter? Atmet der überhaupt?

Dann kapiere ich es. »Wo schläft Jens?«

»Irgendwo am See«, sagt Papa.

»Und wieso schlafen wir da nicht?«

»Weil wir beide nicht jahrelang in einer Zelle schlafen mussten. Jens bekommt im Bunker den Koller.«

Ich drücke mich in den Schlafsack. »Im Krieg hat Jens aber ein echtes Problem.«

»Schon wieder frech, was? Hat das oben nicht gereicht?«.

»Doch«, sage ich.

Papa leuchtet mit einer Taschenlampe. Ich will den Wecker auf meinem Handy stellen, auf elf Uhr morgens oder so. Sonst verschläft man hier unten ja den ganzen Tag. Und noch einmal will ich den Bus nicht verpassen.

Meine Hose ist zusammengerollt und dient als Kopfkissen. Ich taste sie ab und finde nichts. Wie oft muss man eigentlich nach seinem Handy suchen, bis man endgültig kapiert, dass man es gar nicht dabeihat?

Wie komme ich morgen an die Metallkiste in Papas Auto? Weil, mein Handy hätte ich schon gern wieder, irgendwann.

Ich drehe mich zu Papa. Er hat die Taschenlampe

zwischen die Zähne geklemmt und leuchtet auf seinen Schlafsack. Mit beiden Händen zieht er am Reißverschluss, mit den Knien stemmt er sich gegen den Stoff. Der Schlafsack öffnet sich trotzdem nicht. Also, für den Krieg muss er noch üben. Aber ich sag dazu lieber nichts mehr.

»Hast du einen Wecker?«, frage ich.

Papa wirft den Schlafsack in eine Ecke. »Wecker? Klar. Brauchen wir aber nicht.«

»Aber dann verschlafen wir den ganzen Tag!« Ich überreiche ihm einen anderen Schlafsack, der ist sogar noch in Folie verpackt.

»Kein Problem«, sagt mein Vater. »Wir dürfen sowieso erst raus, wenn es wieder dunkel ist.«

Ich starre meinen Vater mit offenem Mund an. Sekundenlang. Will der echt den ganzen Tag im Bunker bleiben?

Aber er schaut nicht mal zu mir, sondern macht die Taschenlampe aus. Und jetzt ist es echt Nacht. Im Bunkerloch sieht man nichts.

Ich drehe mich zu meinem Vater. Die Ziffern seiner Uhr leuchten schwach. Kurz vor vier.

»Papa?«

»Was denn noch?«

Papa ist schon am Einschlafen. Er spricht leise und braucht ewig Zeit.

»Ich will morgen zu Mum.«

»Morgen?«

»Also heute quasi. Nach dem Aufstehen.«

Sein Schlafsack raschelt. »Wegen der kleinen Abreibung vorhin? Wieso hast du es auf einmal so eilig?«

Die ehrliche Antwort wäre: Ich habe Angst vor dir! Angst vor dir und deinen Freunden! Anfangs dachte ich, okay, Papa lebt im Reich und ich in Deutschland. Er glaubt an die große Weltverschwörung, ich nicht. Er denkt, alle Forscher lügen, ich sehe das andersrum – ich denke, Leute wie er haben einen an der Waffel.

Anfangs dachte ich, okay, wir können das trennen. Er macht seine Sachen, ich meine. Wir bauen den Flieger, wir angeln und wir fahren mit dem Škoda auf und ab. Aber das geht so was von nach hinten los. Weil, ich schlafe schon in einem Bunker! Er zieht mich ja überall mit rein. Und ich will nicht wissen, wie es weitergeht. Ich will nach Hause.

»Ich hab zu Hause eine Freundin.«

Auf die Ausrede bin ich erstmal stolz.

Papa sagt dazu nichts, und ich befürchte, er ist einfach weggepennt. Schließlich macht er die Taschenlampe an, holt zwei Becher und die Trinkflasche mit dem kalten Tee.

Er stellt sich neben mein Feldbett und sieht auf einmal echt alt aus. Kann auch am Licht liegen oder an der Uhrzeit und am langen Tag.

Er schenkt den Tee ein und reicht mir eine Tasse. »Eine Freundin?«

»Ja.«

Er trinkt seinen Tee in einem Zug aus. »Ich hab eine Idee.« Er schenkt sich wieder einen Becher ein. »Du bleibst noch eine Nacht und hilfst. Dann sind wir fertig. Und ich bringe dich von hier direkt zum Bahnhof.«

»Ist das so wichtig mit dem Bunker?«

»Das ist es.«

Er räumt die Becher weg, legt sich hin und macht die Taschenlampe aus. Und deutlicher kann er es mir nicht machen. Eigentlich hab ich sowieso keine Wahl. Er wartet ja nicht mal meine Antwort ab.

»Papa?«

»Jetzt ist RUHE!«

»Ich muss ihr zumindest eine Nachricht schicken. Und Mum auch. Die macht sich sonst Sorgen, und du kennst Mum, die ruft die Polizei oder …«

»Schon gut«, sagt Papa müde. Das mit der Polizei bewegt was in ihm. »Morgen Nacht, wenn es dunkel ist, gehen wir raus, und du schreibst bei Achim deine Nachrichten.«

Eine halbe Minute später schnarcht er.

Meine Träume sind ziemlich wirr, und ich verstehe überhaupt nichts. Am Ende fliege ich von einem Dach, auf das ich irgendwie klettern musste. Keine Ahnung, wieso. Eine Mutprobe vielleicht? Kurz vor dem Aufprall schrecke ich hoch.

Mein Shirt klebt an meinem Körper. Es ist im Bunker viel zu feucht und warm. So kühl es vorher hier unten war, über Nacht ist der Raum zur Sauna geworden. Papa will vermutlich Strom sparen. Die Lüftung summt jedenfalls nicht. Ist überhaupt schon Tag?

Papa sitzt aufrecht am Esstisch. Ein riesiges Stück

Papier vor ihm bedeckt die Platte fast komplett. Sieht nicht aus wie der Bauplan vom Flieger, es ist eher ein Gebäude von oben. Kein Foto, sondern eine Zeichnung mit Pfeilen und so. Aber die Lampe im Bunker ist zu schwach. Papa notiert etwas.

Ich ziehe mein Shirt aus. »Können wir frühstücken?«

Papa faltet das Papier zusammen. »Frühstücken? Ich würde eher sagen Abendessen.«

»Wie spät ist es?«

»Du hast fast zwölf Stunden durchgeschlafen.«

Ich rechne und schätze mal, dass es so gegen fünf Uhr nachmittags ist. Genauer brauche ich es nicht. Was ich brauche, ist ein Klo.

Papa stellt sich vor die Leiter. »Nicht rausgehen! Es ist noch viel zu hell draußen.«

»Ich muss aber dringend mal.«

Papa zeigt auf einen Vorhang in der Ecke. »Wir haben das Trockenklo gestern eingebaut.«

»Na toll«, sage ich und schiebe den Vorhang zur Seite.

Das Abendessen besteht aus den Resten von der Grillnacht. Papa schneidet das Fleisch in dünne Scheiben. Wir belegen damit Brotstücke, dazu gibt es von Hanna eingelegte Gurken. Die Dosen in den Kisten will Papa offenbar nicht anrühren. Die sind für den Ernstfall. Schon klar.

Danach verlegen wir Leitungen. Papa hat das richtige Werkzeug. Und er hat wirklich nichts an Material vergessen. Wir packen weiße Leitungsschienen aus und montieren sie von den Autobatterien zu den Wänden und Decken. Die Kabel sind schnell verlegt, bis aber alle LEDs angeschlossen sind und leuchten, vergehen drei Stunden. Aber jetzt ist es endlich richtig hell im Bunker.

Wir räumen die Kisten aus, verwenden das Holz als Regalbretter und schrauben sie an die Wand. Ich räume die Dosen ein, da klopft es oben.

Achim leuchtet uns mit der Taschenlampe ins Gesicht. Irgendwie bin ich erleichtert. Jens und Papa drehen ja am Rad, Achim ist noch der Normalste von denen.

»Taschenlampe brauchst du nicht mehr«, sagt Papa. »Wir sind fertig geworden.«

Oben im Dunkeln warten Heinrich und Jens, vollgepackt wie Esel. Ich hole erst mal tief Waldluft. Mein erster Bunkertag ist vorbei. So schnell muss es keinen weiteren geben.

Papa steht neben mir. »Räumt ihr schon alles ein. Juri und ich holen die nächste Ladung.«

Er geht auf Achim zu und redet leise mit ihm. Achim nickt nur und drückt Papa den Autoschlüssel in die Hand.

Und dann marschieren wir los.

Achims Pick-up steht am Parkplatz vom Waldsee. So viel Zeug ist da gar nicht mehr drauf.

Papa setzt sich ans Steuer und winkt mich rein. »Du wolltest doch deiner Mutter und deiner Freundin schreiben?«

»Ja.«

Ohne Kommentar schaltet er in den Rückwärtsgang, dreht Achims Wagen und fährt los.

Als wir aus dem Wald draußen sind, auf dem Feldweg, hält Papa und schaltet den Motor aus. »So, hier.« Er drückt mir die Metallkiste mit den Handys in die Hand.

Ich schalte mein Handy ein. Zig verpasste Anrufe und Nachrichten. Ich will alle von Jule lesen.

Papa beugt sich zu mir rüber, dem dauert das zu lange.

Ich drehe das Handy um. »Hey!«

»Schon gut. Aber schreib jetzt deinen Stuttgarterinnen. Die anderen warten.«

»Stuttgarterinnen?«

»Deiner Mutter und deiner Freundin.«

Ich schreib los. »Sind im Wald und …«

»LÖSCH DAS!«, schreit mich Papa an.

»Papa! Was darf ich denn schreiben?«

»Na, dass es dir gutgeht und dass du morgen nach Hause kommst.«

Ich schreibe genau das: *Mir geht es gut. Komme morgen nach Hause.*

38

Papa und ich fahren zum Gutshof und laden den Pickup voll. Am Waldparkplatz warten die anderen. Jens raucht Zigarette, Achim zieht an seiner Pfeife und Heinrich kaut auf einem Grashalm herum.

»Alles erledigt?«, fragt Achim.

Ich will nicht antworten, und Papa klettert hoch auf die Ladefläche. Jeder von uns nimmt sich was.

Zwei Stunden später ist die Ladefläche leer. Alles steht im Bunker.

Jens hat sich verabschiedet, der will ins Dorf zurücklaufen. Heinrich und ich warten neben dem Bunkereingang. Papa und Achim wollen unten was allein einbauen. Damit kann ich gut leben.

Heinrich reibt sich den Schweiß von der Stirn. Der ist genauso fertig wie ich. Wir legen uns auf den Waldboden. Ein leerer Rucksack ist mein Kissen. Heinrich liegt einfach so da.

»Der Bunker ist bereit«, sagt er.

»Und du?«, frage ich.

»Wie meinst du das?«

Ich drehe mich zu ihm. »Glaubst du, es gibt bald Krieg?«

»Ja, du etwa nicht?«

»Nee.«

Irgendwie ist damit schon alles gesagt. Aber eine Frage hab ich doch noch. »Bist du Reichsdeutscher?«

»Bist du auch. Das sind wir alle.«

Dazu fällt mir nichts ein. Außer einer Sache: Ich will endlich weg.

Mir ist kalt geworden. Das vollgeschwitzte Shirt klebt an meinem Körper wie ein nasses Handtuch.

Ich stehe auf und gehe zum Bunkereingang. »Willst du auch eine Decke oder so?«

Heinrich antwortet nicht, der ist eingeschlafen.

Ich klettere die Leiter runter, die letzten fünf Sprossen kürze ich ab und springe.

Mit einem lauten RUMMS lande ich auf dem Holzboden. Papa dreht sich zu mir und macht einen Schritt auf mich zu. »OBEN WARTEN! Wir haben gesagt, oben warten!«

Wieso regt der sich so auf?

Achim kniet vor einem Loch am Bunkerboden, er lässt ein Brett draufknallen und schaut mich an. Papa stellt sich zwischen uns und versperrt mir die Sicht.

»Wir sind hier fertig«, sagt Papa und schaltet die LEDs aus.

Ich rüttele Heinrich wach, und wir gehen los. Ich trage drei leere Taschen und einen Rucksack. Die anderen sind auch vollgepackt mit leeren Säcken und Kisten. Wir werfen alles auf die Ladefläche und fahren zum Gutshof.

Natürlich brennt da kein Licht mehr. Es ist weit nach Mitternacht, und alles schläft.

Der große Hof leuchtet hellgrau im Mondlicht.

Der Pick-up hält vor der Scheune. Achim schaltet

den Motor und die Scheinwerfer aus. Ich will zum Škoda. Aber Papa geht nicht zu seinem Auto, sondern in Achims Haus.

»Komm schon. Nach dem Frühstück bringe ich dich zum Bahnhof. Wie vereinbart.«

Achim gähnt. »Du willst doch Hannas Frühstück nicht verpassen?«

Das kann ja nicht der einzige Grund sein, weshalb wir bei Achim pennen. Was wollen die von mir?

»Nee. Frühstück ist schon gut, aber der Bus morgen früh …«

»Kurt und die Zwillinge wollen auch noch Tschüss sagen morgen.«

»Und mein Handy?«, frage ich.

»Alles gut«, sagt Papa. »Bekommst du morgen bei der Bushaltestelle wieder. Jetzt komm schon.«

Ich folge ihm ins Haus. Auf dem Boden im Wohnzimmer liegen eine Isomatte und ein Schlafsack. Auf dem Sofa ist ein Bettbezug mit Kissen und Decke.

»Hat Hanna für uns gemacht«, sagt Papa.

Er verschwindet im Bad.

Heinrich springt ins Wohnzimmer. Wollte der nicht schlafen?

»Klasse!«

»Was ist denn los?«, frage ich.

»Dass du die ganzen Ferien bei uns bleiben willst!«

»Hä?«

»Hat Papa mir gerade gesagt.«

Heinrich springt wieder raus. Drei Minuten später ist mein Vater da.

Er lässt sich auf das Sofa fallen. Ich stehe am Fenster und schaue auf den leeren Hof. Die wollen mich hier festhalten. Aber wieso? Wieso wollen die überhaupt, dass ich bleibe? Damit ich nichts sagen kann? Denken die, ich rufe die Polizei? Wegen der Bunkersache? Nee. Da ist noch was anderes. Garantiert.

Papa schnarcht nach fünf Minuten, mit Jeanshose und allem. Ich bin auch angezogen, und dafür gibt es einen Grund.

Scheiß auf das Handy! Ich verabschiede mich vom Reich.

Ich muss abhauen.

Heute Nacht. Jetzt sofort.

39

Ich warte zwanzig Minuten. Im Haus ist es still wie auf einem Friedhof. Ich bleibe kurz am Sofa bei meinem Vater stehen und schaue ihn an. Die dicken Augenbrauen, der dunkle Dreitagebart, die breite Nase. So ähnlich sehe ich auch mal aus, irgendwann. Aber ich bin dann trotzdem ein ganz anderer.

Im Film würde ich jetzt kurz über seine Haare streichen. Zum Abschied quasi. Aber das ist kein Film. Also nicke ich ihm einfach nur zu.

Wir haben den Flieger zusammen aufgebaut. Und wir haben einen Fisch gefangen. Hey, wer hat schon mal mit seinem Vater einen Fisch gefangen? Und das auch noch mit einer falschen Fliege? Keiner? Na, also!

Ich meine, immerhin stand seine Tür offen.

Ich ziehe meinen Rucksack auf und schließe vorne die zwei Verschlüsse. Er sitzt fest, und ich könnte auch rennen, wenn es sein muss. Ich schleiche aus dem Wohnzimmer, öffne die Tür zum Flur und gehe zum Hauseingang.

Alles dunkel, aber so kompliziert ist der Weg auch nicht. Denke ich zumindest. Dann stolpere ich über einen Berg Schuhe. Es poltert, und ich bleibe reglos stehen.

Nichts! Keiner ist wach geworden.

Noch ein paar Schritte bis zur Haustür, langsam drücke ich die Klinke runter und ziehe.

Die Tür ist abgeschlossen!

Eigentlich logisch, machen ja alle nachts. Nur steckt kein Schlüssel. Und das machen sicher nicht alle so. Dann eben durch das Küchenfenster.

Ich drehe mich um. Vor mir steht eine weiße Gestalt, und ich zucke zusammen. Sie kommt auf mich zu und stolpert über die Schuhe.

»Maggi?«, flüstere ich. »Ich hätte fast einen Herzinfarkt bekommen.«

Sie trägt wie Hanna ein Nachthemd und bleibt mit verschränkten Armen vor mir stehen. »Wohin willst du?«

Sie flüstert nicht, sondern sagt es in normaler Lautstärke.

»Können wir bitte leise reden?«

»Haust du ab?«, sagt sie immer noch viel zu laut.

Was soll ich ihr erklären? Welche Lüge nimmt sie mir ab? Wieso muss ich mitten in der Nacht gehen? Mit dem Rucksack? Wohin will ich? Und was soll ich jetzt im Dorf? Nachtbusse fahren da nicht. Und sowieso, ich will Maggi nicht anlügen.

Also sprudelt es aus mir heraus: »Ich muss weg. Ich kann mit dem ganzen Zeug hier nichts anfangen. Ich hab sogar Angst vor meinem Vater.«

Maggi hat ihre Arme noch immer verschränkt. »Und wohin willst du um diese Uhrzeit?«

»Erst mal zu Jule. Morgen nach Hause.«

Maggi schaut auf den Boden. Also, dass ich weg will, hat sie geschluckt. Dass ich die hier alle für Spinner halte, auch. Damit kann sie offenbar umgehen. Aber das mit Jule trifft sie. Das merke ich, egal wie dunkel es im Flur ist. Und das tut mir total leid.

»Ach so ist das«, flüstert Maggi.

Und dann umarmt sie mich und weint.

Irgendwann löst sich ihr Griff, und wir stehen uns gegenüber, schauen uns an. Im Dunkeln sehe ich die glitzernden Augen, sie weint noch immer. Sie nimmt meine Hand und hält sie fest. Einfach so. Aber ich muss los. Jeden Moment kann im Haus einer aufwachen.

Maggi könnte losschreien. Eine Minute später wären alle im Flur. Oder sie könnte mich einfach nicht loslassen. Stattdessen macht sie was ganz anderes. Sie drückt mir den Hausschlüssel in die Hand.

Sagen kann sie nichts, sie schluchzt. Und mir hängt auch ein Kloß im Hals. Ich küsse sie auf die Stirn, sie stellt sich auf die Zehenspitzen, und beim nächsten Kuss berühren sich unsere Lippen.

Dann schließe ich auf und renne los.

Der schwere Rucksack baumelt hin und her. Auf dem Waldweg werde ich langsamer. Ich blicke noch einmal zum Gutshof. Alles dunkel, keiner ist wach geworden. Am Eingang steht Maggi. Oder ist es nur die weiße Tür? Ich kann es von hier nicht erkennen.

Ich laufe weiter, immer weiter, bis zum Seeschild. Da brauche ich eine kurze Pause.

Ich lehne mich an den Pfosten. Millionen Blätter rascheln im Wind, die kühle Luft tut gut. Aber da ist noch ein anderes Geräusch. So klingt nur ein Auto! Und es kommt näher. Ich muss weg vom Waldweg, aber wohin? Erst mal abbiegen Richtung See. Weil, da will jetzt bestimmt kein anderer hin. Da bin ich mir sicher.

Ich renne, gleich bin ich da, das Mondlicht funkelt im See. Und beim Parkplatz ist der entwurzelte Baumstamm, ich klettere rüber und knie mich auf den Boden. Erst mal den Rucksack absetzen.

Ist das Achims Pick-up? Oder Papas Škoda? Maggi hat die nicht geweckt, das glaube ich nicht. Sie hat mir ja den Schlüssel gegeben. Und das war mein Ticket nach draußen.

Ich sehe das Auto, es fährt ohne Licht. Und es kommt nicht vom Gutshof, es kommt von der anderen Richtung, vom Feldweg, vom Dorf.

Es ist Karls BMW! Wieso fährt der so spät zu Achim? Was ist da los? Wenn der die anderen weckt, dann merken die auch, dass ich abgehauen bin.

Aber das Auto biegt ab, es fährt nicht zum Gutshof. Es kommt zum See, direkt auf mich zu. Von wegen, da will nachts keiner hin.

Ich lege mich auf den Waldboden. Da sieht mich keiner, niemals. Und wieso sollten sie zum kaputten Baumstamm kommen?

Das Auto rollt über die Kieselsteine, der Motor geht aus, Türen gehen auf.

»Siehste«, sagt Karl und knallt die Tür zu. »Die anderen haben es verpennt.«

»Bleib ruhig«, sagt jemand, und die Stimme erkenne ich auch. Jens!

»Du meinst, die kommen noch?«, fragt Karl.

Ein Feuerzeug klickt. »Willst du eine, Papa?«

»Nein«, sagt Karl. »Ich will hier fertig werden.«

»Die wollen ihr Geld. Also kommen die auch.«

Erst mal passiert nichts. Ich höre, wie Jens an der Zigarette zieht, der Qualm dampft in meine Richtung.

Noch ein Motor brummt durch den Wald.

»Da sind sie«, sagt Karl.

Weitere Türen gehen auf und zu. Männer begrüßen sich, klatschen sich ab. Die Stimmen erkenne ich nicht. Was veranstalten die am See?

»Hier, alles Fünfziger-Scheine, wie vereinbart«, sagt Jens.

Immer mehr Qualm sammelt sich über dem Waldboden. Rauchen die alle? Ich atme flach, bloß nicht husten, egal, wie der Hals kratzt.

»Passt«, sagt einer mit Raucherstimme. Das klingt nach drei Schachteln am Tag. »Kommt mit.«

Ein Kofferraum geht auf. Rascheln, und dann wird ein Karton oder so aufgerissen.

»Fein!«, sagt Jens.

»Drei Uzis, und da ist die Pumpgun.«

»Das wird ein …«, sagt Jens.

»Halt's Maul!«, sagt der mit der Raucherstimme.

»Schon gut. Wir sind ja fertig«, sagt Karl.

Türen knallen zu, und eines der Autos fährt weg.

Karl lacht in sich hinein, als hätte Jens einen dreckigen Witz gemacht. »Das gibt Bürgerkrieg. Scheiß Volksverräter!«

»Weißt du«, sagt Jens, »acht Jahre hab ich auf den Tag X gewartet.«

»Und glaubst du, die anderen ziehen das auch alle durch?«, fragt Karl.

»Ja. So wie wir!«, sagt Jens. »Warte mal. Ich bringe das Zeug zum Bunker.«

Ich bleibe einfach nur liegen. Irgendwas ist unter mein Shirt gekrabbelt. Ich kratze es weg und warte. Karl sitzt im Auto oder steht davor oder ist am See. Ich weiß es nicht, ich will mich keinen Zentimeter bewegen. Nach einer Ewigkeit knallen zwei Türen zu. Der Motor geht an, und weg sind sie.

40

Ich ziehe mich an einem Baumstamm hoch und schüttele mich erst mal durch. Eine ganze Armee von Waldbewohnern krabbelt auf mir herum. Überall juckt es. Ich gehe die zwanzig Schritte zum See und stapfe ins Wasser. Meine Schuhe saugen sich voll. Das ist egal. Als mir das Wasser bis zu den Knien reicht, tauche ich den Kopf rein. Eiskalt ist es, genau das, was ich brauche.

Am Ufer setze ich mich auf einen großen Stein. Ich will nicht zurück zum Waldweg. Wer weiß, ob sie noch einmal kommen. Ob da andere sind oder ob mein Vater nach mir sucht.

Ich starre ins Mondwasser.

Mit Uzis und einer Pumpgun hab ich auch schon herumgeballert. Beim Zocken. Die hier meinen es ernst. Was haben die vor? Was geschieht am Tag X? Und wer tötet wen? Mal ganz konkret gefragt: Auf wen schießt Jens?

Und da wird mir schlecht, richtig schlecht. Ich schaffe es keinen Meter weit und übergebe mich in den Wald.

Mir ist schwindlig, und ich setze mich am Ufer in den Matsch. Eine Viertelstunde Stunde später mache ich mich im See sauber. Ich würge noch einmal, nichts kommt. Das wäre geschafft. Aber ich zittere am ganzen Körper.

Schon komisch, beim Zocken spritzt die Gehirnmasse nur so durch die Gegend. Überall liegen abgesägte Arme rum. Da wird mir nicht schlecht, dabei kann ich sogar drei Salamibrote essen. Und hier im Wald, da zählt einer einfach ein paar Waffen auf, und schon muss ich kotzen. Und ich hab die Teile ja nicht mal gesehen.

Ich komme wieder bei der Kreuzung mit dem Seeschild an. Mein Rucksack liegt noch dort am Parkplatz. Egal. Wenn ich mich beeile, bin ich in zwanzig Minuten bei Jule. Von dort rufe ich die Polizei.

Als ich den Scheinwerfer bemerke, ist es schon zu spät. Das Auto kommt von Achims Gutshof und hat mindestens achtzig Sachen drauf. Das Aufblendlicht ist an, und ich kann überhaupt nichts erkennen. In zehn Sekunden ist die Kiste da, wegrennen ist zwecklos.

Neun Sekunden.

Ich mache einen Schritt weg von der Straße, rückwärts. Mein Fuß stößt gegen etwas, und ich schaue auf den Boden. Eine dicke Flasche Schnaps oder so.

Sechs Sekunden.

Ich hebe sie auf und lese Kirschwasser und 43 Prozent. Würde ich damit zuschlagen? Zur Verteidigung, meine ich.

Drei Sekunden.

Ich könnte die Flasche in die Autoscheibe werfen, dann wegrennen. Bin ich schneller? Hängt davon ab, wer am Steuer sitzt. Nein, eigentlich nicht. Es hängt davon ab, was der am Steuer für eine Waffe hat.

Eine Sekunde.

Die Reifen ziehen eine lange Bremsspur, Kieselsteine

spritzen durch die Luft. Es ist der Škoda. Papa steigt aus.

Er hat nur die Jeans an und ein Unterhemd, nicht mal Schuhe. Und natürlich keine Waffe.

»WIESO BIST DU …«, schreit er los und hört gleich wieder auf.

Und dann wird mir klar, was er gerade sieht: Er sieht Juri, seinen Sohn, den Säufer.

Ich stehe vollgekotzt mit einer Flasche Kirschschnaps vor ihm. Ich grinse, aber nicht, weil es lustig ist, ich bin super aufgeregt.

Meine Lippen zittern.

Ich spiele die Rolle einfach weiter. Die Theater-AG von Frau Schlander fand ich uninteressant. Aber für die Rolle des Säufers fallen mir andere Vorbilder ein. Ich spiele Mums Hauke. Den hab ich lange genug auf seiner Bühne (unsere Küche) erlebt.

Papa läuft auf mich zu. Ich winke ihm mit der Flasche. Das zittrige Grinsen kann ich nicht mehr abschalten. Und Schiss hab ich auch.

»Was machst du denn hier?«, fragt mein Vater.

Dann falle ich in seine Arme. Er zieht mich ins Auto, ich lege mich hinten auf die Rückbank. Viel Theater braucht es gar nicht, ich bin echt fertig.

Bei Achim ist keiner wachgeworden. Papa stellt mich mit den Kleidern unter die Dusche. »Scheiße, ist das kalt!«

»Ruhe! Du musst erst mal ausnüchtern. Ich hole dir Kleider.« Papa geht raus.

Ich drehe auf heiß, und es dampft.

Papa erscheint wieder im Türrahmen. »Wo sind deine Sachen?«

»Im Wald.«

»Holen wir morgen«, sagt Papa.

Ich steige aus der Dusche, wickle mir ein Badetuch um den Bauch und werfe mich genau so aufs Sofa. Je weniger Fragen, desto besser. Kurz spüre ich die Bettdecke, die Papa über mich zieht. Und dann bin ich echt weg.

41

»Also, sehr weit bist du nicht gekommen.«

Ich öffne ein Auge und sehe Maggi. Sie sitzt am Sofarand und streichelt über mein Gesicht. Die Sonne strahlt durch die gelben Vorhänge, und alles leuchtet unwirklich grell. Aber ein Traum ist es nicht.

Ich schaue Maggi an. »Du bist auch nicht weit gekommen.«

»Ich will auch nicht weg.« Sie klopft auf einen Stapel Wäsche auf dem Tisch.

Und da fällt mir ein, dass ich nackt bin unter der Decke. Die Frage ist nur, ob Maggi das weiß.

»Sind das meine Sachen?«, frage ich.

Maggi hält mein blaues Nasa-Shirt hoch. »Alles deins. Gewaschen und getrocknet.«

»So schnell geht das?«, frage ich.

»Weißt du, wie spät es ist?«

Ich schrecke kurz hoch, die Decke rutscht bis zum Bauch, und ich bleibe erst mal ruhig sitzen. »Nee.«

»Also, ich bin seit fünf Stunden wach«, sagt Maggi.

Ich hole mir die Unterhose und ziehe sie unter der Decke an. Maggi schaut nicht mal weg. Die traut sich was. Ihre Eltern machen entweder Urlaub auf dem Mars oder liegen im Koma.

Ich ziehe mir die Jeans an. Die ist noch feucht, egal. »Ich muss telefonieren!«

»Ist besetzt. Mama telefoniert schon ewig.«

Ich springe auf. »Wo sind die anderen?«

»Heinrich und Kurt sind draußen beim …«

»Wo sind unsere Väter?«

Maggi geht zum Fenster und blinzelt durch einen Schlitz des Rollladens. »Vorher waren sie da draußen. Sie wollten losfahren.«

»Wohin?«

Maggi zieht die Schultern hoch.

»Und ihr habt echt keine Handys?«

»Nein. Nur das Telefon in der Küche.«

Das Telefon hängt dort an der Wand. Mit Kabel und dickem Hörer und allem, so wie im Museum.

Hanna lächelt mir zu.

»Ich müsste auch mal telefonieren«, flüstere ich.

Und sicher ist, ich muss sie aus dem Raum bekommen. Weil, 110 wählen und mit der Polizei sprechen könnte schwer werden, wenn sie danebensteht.

Hanna spricht weiter in den Hörer. »Ich muss Schluss machen. Ja …«

Neben dem Telefon hängt so ein Flyer von einer Kirche in der schwäbischen Alb. So weit fahren die immer?

Hanna ist noch nicht fertig.

Mittwochs, lese ich auf dem Zettel weiter, sind die Gebetsrunden.

»Alles, alles Gute euch … ja!« Hanna legt auf.

»Darf ich kurz allein telefonieren?«

Hanna geht wortlos an mir vorbei zur Herdplatte.

Ich nehme den Hörer ab und halte ihn fest umschlossen.

Hanna holt etwas aus einer Schublade.

Ich wähle 110.

Und dann schneidet Hanna mit einer langen Schere das Telefonkabel durch.

Sie lächelt mich an, aber ihr Mundwinkel zittert leicht.

»Wieso hast du …«, frage ich, und sie geht wieder zur Herdplatte.

»Willst du Rühreier zum Frühstück?«, fragt sie.

Ich renne in den Flur, an Maggi vorbei, raus. Hanna folgt mir nicht. Und irgendwie ist das erst recht unheimlich. Wieso hält sie mich nicht einmal auf?

In der Garage standen doch Fahrräder? Wieso ich heute Nacht nicht daran gedacht habe, kapiere ich jetzt auch nicht. Das Garagentor ist einen Spaltbreit offen. Ich will es aufziehen, da höre ich Achim. Die sind noch nicht losgefahren!

»Wackle mal mit dem Kopf«, sagt Achim.

»Die Kamera hält. Super Sache. Die Ausrüstung ist ihr Geld wert.«

Ich blinzle durch den Garagenspalt und sehe meinen Vater. Er trägt einen Helm. Hinter ihm hängen die Fahrräder an der Wand.

»Wollen wir noch mal auf den Plan schauen?«, fragt Achim.

»Den kenne ich auswendig«, sagt Papa. »Ich komme durch den Notausgang. Sven von vorne.«

Was für ein Notausgang? Und wer ist Sven? Spielt alles keine Rolle mehr. Auf Zehenspitzen gehe ich die ersten Schritte weg, dann renne ich los. Dieses Mal verzichte ich auf den Waldweg, ich renne direkt auf die Bäume zu. Irgendwie werde ich schon durch den Wald finden.

Ich laufe am Schuppen vorbei.

»Hey, komm mal her!«, ruft Kurt. Er steht an der vergitterten Tür, die in den Hühnerstall führt.

Ich drehe mich zur Garage. Hat jemand Kurt gehört? Weil, das Letzte, was ich will, sind Achim und Papa als Verfolger.

Da kommt Kurt zu mir, hält sich an meinem Arm fest und zieht mich in den Hühnerstall. »Komm doch mal jetzt.«

Der Pick-up-Motor läuft an.

Das Garagentor geht auf.

Ich folge Kurt durch den Hühnerstall weiter zum Schuppen. Jetzt muss ich sowieso kurz warten. Durch das Fenster sehe ich Papa am Steuer.

Kurt greift in eine Werkzeugkiste. Er reicht mir eine Axt. »Damit geht's ganz gut.«

»Was denn?«

»Ein Huhn schlachten«, sagt Kurt.

»Ist nicht dein Ernst, oder?«

»Wolltest du doch mal machen.«

Der Pick-up-Motor brummt noch im Hof, warum dauert das so lange?

Kurt kommt mit einem Huhn aus dem Hühnerstall. Er hält es mit einer Hand an den Krallen fest und legt es vor sich auf den Baumstamm. Das Huhn zappelt wie verrückt, kann sich aber nicht freikämpfen.

»Erst betäuben!«, sagt Kurt.

Er haut mit dem Rücken der Axt auf den Hühnerschädel. Zappeln tut nichts mehr.

Ich lehne mich an die Wand. Mir wird ein wenig schwindelig. Aber ich bleibe stehen. Immerhin. Und draußen ist kein Motorengeräusch mehr. Papa ist weg. Ich muss weg!

»So den Kopf abschlagen.« Kurt holt aus, und der Kopf ist ab. Blut spritzt aus dem Hühnerkörper. Eine Blutlache bildet sich auf dem Boden.

Kurt wirft das Huhn in eine Schüssel. »Die Organe holen wir später raus.«

Bestimmt nicht, denke ich.

»Nun bist du dran!«, sagt Kurt.

Er drückt mir die Axt in die Hand und geht zum Hühnerstall. »Ich hole dir ein Huhn.«

Ich schaue in die Schüssel zum toten Huhn und auf die Blutlache am Boden. Vielleicht werde ich einfach Vegetarier.

Und dann entdecke ich das Blechschild einen Meter über der Schüssel. *Deutsches Schutzgebiet* steht da unter einem schwarzen Adler. Es ist in so einer alten Schrift geschrieben.

Jetzt oder nie!

Aber draußen rattert der Rapid los, der Einachser. Geht Achim Holz holen oder was?

Der Lärm ist ohrenbetäubend. Lauter als vor ein paar Tagen, als wir mit dem Minitraktor die Stämme aus dem Wald gezogen haben.

Viel lauter.

Und es klingt auch nicht mehr wie der Einachser,

eher wie ein Helikopter. Nee, es klingt nicht nur wie ein Helikopter.

Das ist einer!

Autoreifen quietschen.

Hanna schreit etwas.

Dann ein Blitz und ein Riesenknall.

Und ich schreie in Kurts Richtung: »WAS IST HIER LOS?«

Der antwortet nicht oder hört mich nicht. Weil es einfach zu laut ist.

Wieder knallt es. Aber wie!

Und überall ist Rauch. Nein, Nebel!

Eine Gestalt taucht vor mir auf. Sie trägt einen Helm mit Glas davor.

Sie schreit mich an. »WAARUUUNNNDAAA!« oder so ähnlich.

Keine Ahnung, in meinen Ohren piepst es nur.

Und dann schaue ich in den Lauf einer Pistole.

Links und rechts kommen weitere Leute dazu. Alle mit so schwarzen Helmen und Waffen im Anschlag.

Außer der Größte von denen, der steckt seine Pistole weg. Er kommt zu mir. Ich schaue zu dem Riesen hoch. Er reißt mir die Axt aus der Hand.

Zwei laufen an mir vorbei Richtung Hühnerstall, die Waffen im Anschlag. Also, viel denke ich gerade nicht. Eigentlich nur eines: Fortnite ist ein Scheiß dagegen.

42

Draußen stehen drei schwarze Autos. Alles Mercedes E-Klasse, und alle haben ein Blaulicht obendrauf. Der Helikopter ist weg, wenn es überhaupt einer war. Zwei Polizeiwagen und zwei Krankenwagen fahren vor.

Der Riese hält mich noch immer am Arm fest. Seinen Helm hält er in der anderen Hand. Er trägt eine Sturmhaube, und ich erkenne nur seine Riesenaugen.

»Was haben Sie eigentlich geschrien?«, frage ich. Meine Stimme klingt gedämpft. In den Ohren piepst es noch.

Der Riese schweigt, und ich mache weiter: »*Waaruuunnndaaa* oder so.«

Der Riese bückt sich zu mir und sagt es mir sehr laut ins Ohr: »WAFFEN RUNTER!«

»Ach so, die Axt«, sage ich. »Das hab ich nicht kapiert.«

»Hab ich gemerkt«, sagt der Riese.

Hanna, Heinrich und die Zwillinge stehen vor dem Haus, umkreist von den Helmtypen. Ein anderer mit Sturmhaube bringt gerade Kurt aus dem Stall.

Achim liegt auf dem Bauch am Boden. Die Hände sind mit Handschellen auf den Rücken gefesselt. Sein Gewehr liegt drei Meter von ihm entfernt. Einer der Helmtypen steht mit einem Bein auf dem Lauf.

Wollte Achim schießen? Das ging doch alles viel zu schnell!

Mein Riese zieht mich zu einem Polizeiwagen. »Hier ist Juri!«

Eine Polizistin winkt mich zu sich. Der Riese klopft mir auf den Rücken, und ich bin sicher, das gibt blaue Flecken. Ich bin etwas wackelig auf den Beinen. Die fünf Meter bis zur Polizistin schaffe ich aber.

Ich stelle mich auf einfühlsame Fragen ein. Auf ein wenig Trost. Vielleicht auch ein großes Lob. Aber für was eigentlich genau? Ich hab ja nicht mal die Polizei gerufen. Egal, mutig durchgehalten hab ich doch schon. Irgendwie zumindest.

Die Polizistin nickt mir zu und sagt was. Bei mir fühlt es sich an, als hätte ich Watte im Ohr.

»Wie bitte?«

Die Polizistin kommt zu mir und spricht direkt in mein Ohr. »Du siehst scheiße aus, Juri.«

»Danke.«

»Alles klar?«

»Na ja … also … so …«

»Kommt mal!«, ruft sie zum Krankenwagen.

»Duuuussst« sagt sie zu mir. Was will die?

»Was?«

»Durst? Du musst was trinken!«

Irgendwie hat sie recht, das letzte Getränk war ein Schluck Waldsee heute Nacht.

Zwei Sanitäter rennen auf uns zu. Wieso haben die es so eilig? Sehe ich wirklich so scheiße aus?

Hinter ihnen fährt ein weiterer Polizeiwagen auf den Hof. Zwischen zwei Polizisten auf der Rückbank sitzt mein Vater. Seine Augen sind verbunden.

»Juri?«, sagt die Polizistin.

»Mir ist … ist … nur ein … ein … bisschen schwindlig … also …«

Dann kippe ich um, in die Arme der Sanitäter oder in die Arme der Polizistin. So genau weiß ich das jetzt nicht.

43

Stunden später sitze ich auf der Polizeiwache. Es piepst noch, aber ich kann etwas besser hören. Immerhin.

»Brauche ich nicht einen Anwalt oder so?«

»Nee«, sagt die Frau gegenüber, und es ist nicht die Polizistin von vorher. »Was du brauchst, ist deine Mutter. Die ist auf dem Weg. Müsste gleich da sein …«

Sie trägt eine rote Bluse und ein schwarzes Jackett und sieht aus wie die stellvertretende Schulleiterin. Also, so kräftige Schultern und schwarze Locken, die bis unter den Tisch reichen.

An der Wand hinter ihr hängt ein Kalender mit Wüstenlandschaft und zwei Palmen. Etwas ist falsch am Kalender. Der Monat Juli!

»Es ist August«, sage ich.

»Und?«, fragt die Beamtin und nippt an einer Tasse Kaffee.

Ich zeige auf den Kalender.

Sie dreht sich um, schüttelt den Kopf. »Für so was hab ich keine Zeit.«

»Ach so.«

Sie legt eine braune Ledertasche auf den Tisch und holt eine Tüte raus. Keine Ahnung, was jetzt kommt.

»Dein Handy.« Sie schiebt die Tüte rüber. »Du bist unsere große Überraschung gewesen.«

»Überraschung?«

»Nach zehn Jahren kommst du einfach so aus der

Stadt. Du willst deinen Vater besuchen, ihn kennenlernen. Und siehe da, die Haustür steht sogar offen.«

»Stimmt«, sage ich.

Sie beugt sich zu mir über den halben Tisch. »Wir beobachten die Organisation seit einem halben Jahr. Rund um die Uhr. Wir hatten unsere Leute dort und in fünf anderen Dörfern.«

Ich beuge mich auch über den Tisch, stütze mich mit den Ellenbogen ab. Zwischen unsere Köpfe passt nur noch ein Fußball. Ich flüstere: »Dürfen Sie mir das alles überhaupt sagen?«

»Natürlich nicht. Und ich habe dir auch nichts gesagt. Verstanden?«

»Äh … klar.«

»Kaffee?«, fragt sie.

»Nee. Tee vielleicht?«

»Ist leider aus.«

Ich flüstere weiter. »Also geht es nicht nur um Achim und meinen Vater und Jens?«

Sie hält mit beiden Händen ihren Kaffeebecher fest. »Nein, wir hatten heute in drei Bundesländern Einsätze.«

»Und sie haben immer zugeschaut?«, frage ich.

»Wir waren überall. Hast du die Handwerker gesehen?«

»Nee?«

»Die Wanderer auch nicht?«

»Nee.«

»Dann haben wir ja alles richtig gemacht. Die TKÜ war nicht ausreichend.«

»Ähm, die was?«

»Telefonkommunikationsüberwachung.«

»Ach so, klar.«

»Allein bei uns waren über hundert Leute beschäftigt.«

»Verstehe«, sage ich.

»Kameras, Wanzen, kennst du doch alles aus Netflix.«

»Sie waren die ganze Zeit dran?«

»Richtig. Und kurz vor dem Tag X tauchst du auf.«

Ich fühle mich wie der Supertrottel. »Und was hatten die vor?«

»Echt keinen Kaffee?«

»Nee.«

Sie dreht sich zum Kalender, starrt in die Wüste und spricht endlich weiter. »Schon mal von Neuseeland gehört?«

»Da haben sie Herr der Ringe gedreht.«

»Leider nicht nur das. Ein Neonazi hat dort über fünfzig Menschen erschossen und die Tat mit einer Helmkamera gefilmt. Er hat alles live auf Facebook gezeigt.«

Ich denke an Achims Garage und an Papa mit dem Helm.

»Ist dir Kassel ein Begriff?« Immerhin wartet sie nicht auf eine Antwort. »Da wurde ein Politiker erschossen. Oder mal von der NSU gehört? Von Halle?«

Mehr will sie mich nicht fragen.

Sie schweigt und trinkt ihren Becher leer.

Aber ich habe noch eine Frage. »Und wieso haben Sie mich da nicht rausgeholt?«

»Wie denn? Die hätten doch gemerkt, dass wir an ihnen dran sind. Wir haben eigentlich gehofft, dass dich dein Vater schnell loswerden will.«

»Wollte der am Anfang auch.«

»Aber dann kam Achim«, sagt die Beamtin.

»Stimmt. Ähm … also …«

»Was denn?«, fragt sie.

»Hatten Sie denn beim Feld auch Kameras?«

»Welches Feld?«, fragt sie.

»Zwischen Dorf und Wald, da ist so ein Feld.«

»Und was war da?«

»Also Jule und ich … also … egal.«

»Ach so! Das meinst du. Die Fotos hat uns die Drohne geliefert.«

Sie nickt nach oben an die Decke. Ich schaue hoch, mein Mund klappt auf, und ich laufe knallrot an.

Sie schaut zum leeren Becher, dann zum Waschbecken. »Das war ein Spaß.«

Ich schließe den Mund wieder und versuche, mir die Farbe aus dem Gesicht zu wischen.

»Aber wir haben dir beim Sprayen zugeschaut, und ich hab noch zu den Kollegen gesagt: Wie doof, der hat seine Dosen liegen lassen.«

Ich zeige auf meine Finger. »Aber Aschenbecher …«

Sie macht weiter: »… hat die Handschuhe vergessen. Ja. Und deswegen mussten wir eine Streife hinschicken. Und das ein paar Tage vor dem Zugriff.«

»Zugriff?«

»Der Verhaftung heute.«

»Ach so.«

»War übrigens später geplant.«

»Wie jetzt?«, frage ich.

»Sie haben den Tag X vorgezogen.«

»Warum?«, frage ich.

»Hast du mitbekommen, dass in dem Raum hier gerade über diesen Sprayer gesprochen wurde und über die Streife?«

»Meinetwegen?«

»Die Streife hat die Jungs super nervös gemacht. Die dachten, die Polizisten stellen noch mehr Fragen.«

»Und wieso haben Sie die nicht alle viel früher verhaftet?«

»Wir haben Beweise gesammelt. Und wir mussten sehen, wie groß das Netzwerk ist. Da waren zig Schläfer dabei.«

»Schläfer?«

»Leute, die ihr braves Leben leben, aber in Wahrheit ganz anders ticken.«

Ich muss an meinen Vater denken.

»Die Waffenlieferung am See wollten wir auch abwarten.«

»Verstehe.«

Ich starre auf den Tisch. Wie viele Menschen wären heute gestorben?

»Doch einen Kaffee?«

»Vielleicht ja.«

Die Frau drückt auf einen der tausend Knöpfe am Telefon. »Schätzchen! Ein Kaffee für unseren Gast. Aber pronto!«

»Mit Milch?«, fragt sie mich leise.

»Äh … nee.«

»OHNE MILCH!«, ruft sie und strahlt mich an.

Keiner kommt rein.

Sie haut auf den Tisch, lacht und steht auf. Am Waschbecken steht ein Wasserkocher, sie füllt ihn auf und drückt auf den roten Schalter.

Wahrscheinlich wird bei dem Job jeder irgendwann verrückt.

Sie löffelt Kaffeepulver in die Tasse. »Deine Jule hat natürlich die Polizei angerufen und gesagt, dass du bei deinem Vater bist, obwohl du da gar nicht sein wolltest. Da konnten wir nur leider nicht kommen.« Sie schüttet das kochende Wasser in den Becher. »Das hätte alles gefährdet. Zucker?«

Ich schüttele den Kopf. »Aber Aschenbecher ist doch gekommen.«

»Transformers ist zum Gutshof gefahren, stimmt. Rate mal, wer ihn dahingeschickt hat?«

»Sie?«

»Quatsch. Jule hat das gemacht. Die Polizei durfte ja nicht.«

»Weil Sie das nicht wollten.«

»So langsam kapierst du es. Schön.« Sie stellt mir den Kaffee auf den Tisch. Donald Duck grinst mich an. Na toll, ich bekomme den Kinderbecher.

Ich nippe daran. Es ist die bitterste Brühe aller Zeiten. Den trinke ich garantiert niemals aus. »Und warum mussten die den Bunker unbedingt vorher noch fertig kriegen?«

»Das war ihr Rückzugsort für den Tag X. Das Versteck

für den Bürgerkrieg, also der Krieg nach den Anschlägen.«

»Ein Krieg wegen der Anschläge? Das haben die geglaubt? Ist doch alles total irre.«

Die Beamtin gähnt und nickt. »Tja, willkommen im Reich.«

44

Es klopft, und Mum kommt rein. »JURI!«

Wir umarmen uns, und ich bleibe tapfer. Aber am liebsten würde ich losheulen.

Die Beamtin steht auf und reicht mir die Hand. »Ruh dich erst mal aus.«

Mum geht voraus, das Auto parkt zwischen den Polizeiwagen.

»Hast du ein Auto gekauft?«, frage ich.

»Ist von einer Freundin geliehen.«

Wir sitzen im Auto, und Mum umarmt mich noch einmal. »Ach, Juri«, sagt sie, und ich bleibe immer noch tapfer.

Ich schaue zum grauen Gebäudeklotz. Durch ein Fenster in der ersten Etage sehe ich die Beamtin. Sie steht vor dem Wandkalender und schaut auf die Wüste mit den zwei Palmen.

Und dann blättert sie die Seite um.

»Was ist?«, fragt Mum.

»Ich würde gern in den Ferien ein paar Leute einladen.«

»Neue Freunde gefunden?«, fragt sie.

»Ja.« Ich mache eine Pause. »Aber was machen wir mit Hauke?«

»Für den finden wir eine Kneipe«, sagt Mum.

Dann holt sie meine Trinkflasche raus. Einfach so. »Hab dir Tee gemacht.«

Wo gibt's denn so was? Ich meine, sie denkt wirklich an alles. Sogar an meine Trinkflasche.

Und dann weine ich endlich.

Weil, tapfer war ich jetzt echt lang genug.

DANKSAGUNG

Ich danke allen Gesprächspartnern bei den Recherchen »im Reich« und verzichte, wie versprochen, auf die Nennung der Namen. Außerdem danke ich: Aenne, Alexandra, Anna, B. E. N. B., Dominikus, Erwin, meiner Familie, Mr. George, Gül, Julia, Jürgen, Juri, Katja, Leo, Linda, Marco, Nadja, Neels, Captain Phil, Ruben, Rudi, Sabrina, Sebastian, Stefanie, Te Marto, Theresa, Timo, Tobias und Weltraum-Zille.

Im Land der Reinen

Dank strenger Gesetze sind die Menschen in Cleanland geschützt vor Krankheiten aller Art. Nur eine einzige registrierte Freundin zu haben und rund um die Uhr überwacht zu werden ist für Schilo Normalität. Sie fühlt sich dadurch sicher, und sie hat schließlich nichts zu verbergen. Aber was, wenn man sich in jemanden verliebt, in den man sich nicht verlieben darf? Und was, wenn man die Regeln bricht? Plötzlich ist nichts mehr so selbstverständlich, wie es mal war. Und Schilo muss eine Entscheidung treffen.

Die Folgen einer Pandemie konsequent weitergedacht – vom Autor von »Endland«, »Die Scanner« und »Sein Reich«

Martin Schäuble
Cleanland
208 Seiten, broschiert
978-3-7335-0708-1